# 優游英文

## Wandering English

齊 玉 編著

三民書局

國家圖書館出版品預行編目資料

優游英文=Wandering English / 齊玉編著. - 初版 - 臺北市：三民, 民89
面；　公分

ISBN 957-14-3322-5 (平裝).

1. 英國語言 - 讀本

805.18　　89014774

網際網路位址　http://www.sanmin.com.tw

© 優游英文

編著者　齊 玉
發行人　劉振強
著作財產權人　三民書局股份有限公司
臺北市復興北路三八六號
發行所　三民書局股份有限公司
地址／臺北市復興北路三八六號
電話／二五〇〇六六〇〇
郵撥／〇〇〇九九九八——五號
印刷所　三民書局股份有限公司
門市部　復北店／臺北市復興北路三八六號
重南店／臺北市重慶南路一段六十一號
初版一刷　中華民國八十九年十月
編　號　S 80306
基本定價　伍元捌角
行政院新聞局登記證局版臺業字第〇二〇〇號



ISBN 957-14-3322-5 (平裝)

# 序

您能把英文視為山水名勝嗎？果真能如此，您就會用一種欣賞的眼光去感受那山川靈秀之美，您也會懷著一股輕鬆愉悅的心情徜徉於青山綠水之間。

《優游英文》能帶您優游於英文山水之美的意境，使您體驗英文輕鬆活潑的一面，時而像走過小橋流水，時而像走上崎嶇的山徑。《優游英文》裡有很多幽默的問句，美妙的應答，使您本以為山窮水盡已無路時，驀地裡，柳暗花明又一村。

例如當有人問道：「為何苗條少女最怕字母C？」(Why is a slim girl most afraid of the letter C？)由於苗條少女最怕變胖(fat)，於是最妙的回答是“A slim girl is most afraid of the letter C because C makes fat a fact.”（因為C使得胖(fat)成為事實(fact)。c ＋ fat → fact.）。

當有人問：「吃蘋果時，有什麼事比發現一條蟲更糟?」(What is worse than finding a worm in an apple?)若回答「一條」、「兩條」或「很多條」都不美，最美的回答是“Finding half a worm!”（發現半條蟲。）。

類似這些宛如奇花異卉的句子在《優游英文》裡俯拾皆是，只要您細細觀賞，處處都有令您駐足欣賞留連忘返的景物。

在我寫完《英文不難㈠》、《英文不難㈡》和《英文諺語格言一〇〇句》等較為嚴肅且偏重於文法講解的英文書籍之後，我想為莘莘學子和廣大的讀者提供一些較為輕鬆愉快的題材，使他們真正能優游於如詩如畫的英文仙境裡。

《優游英文》共有一百零八景，不一定要依序瀏覽，因為任何一景都是迷人而風格獨具的。稍有英文基礎的讀者，若能來此一遊，當不虛此行也。

《優游英文》是我在假期中以及平日課餘之暇編撰而成的。其中英文及中文部分承蘇姍和楊玉華老師校正修飾，在此特致謝忱。此外，我要感謝內人謝素玉女士給予我的鼓勵和長女郁平、長子治平、次子健平、三子振平給我的協助。我還要感謝三民書局董事長劉振強先生為我提供這片大好淨土，讓我有機會構築《優游英文》的夢境。

最後我要誠摯地請求您在優游之餘，不忘與大家分享瀏覽美景之後的喜悅與歡欣。

編者謹識

# 優游英文　目次

序

第1景　lazy lady, wise wife，「笨」husband.
（懶婦女，聰明的妻子，笨丈夫。）　1

第2景　eye, dad, mom, moon, ...
（眼，爹，娘，正午，…）　3

第3景　C makes fat a fact.
（C使肥胖成為事實。）　5

第4景　The longest word in the world—smiles.
（世界上最長的字——微笑。）　7

第5景　bonsai, decide, trouble, ...
（放屎，豬屎，娶某，…（臺語發音））　9

第6景　riddle—honeymoon
（謎語——蜜月）　11

第7景　bed, eye, man, woman.
（床，眼，男人，女人。）　13

第8景 drink＋down→drown

（喝＋下→溺水） 15

第9景 The complement of “leave”, adjective.

（「任憑」的補語，形容詞。） 17

第10景 The complement of “let”, verb.

（「讓」的補語，動詞。） 19

第11景 The complement of “have”, past participle.

（「有」的補語，過去分詞。） 21

第12景 Six up’s and six down’s.

（六個上和六個下。） 23

第13景 Out of the frying pan and into the fire.

（每下愈況）

To make a mountain out of a molehill.

（小題大作） 25

第14景 Who has seen the wind?

（誰見過風?） 27

第15景 Rainbow, rainbow, beautiful rainbow!

（彩虹，彩虹，美麗的彩虹!） 29

第16景 Two birds

（兩隻鳥） 31

第17景 dragon, dragonfly; fire, firefly; ...

（龍，蜻蜓；火，螢火蟲；…）　33
第18景　Computer Mathematics English 00, 01, 10, 11
（電腦數學英文00, 01, 10, 11）　35
第19景　A special teacher
（一位特殊的教師）　37
第20景　Tree root data structure English (Why worry?)
（樹根狀資料結構英文（為何憂慮?））　39
第21景　Tongue Twister
（繞口令）　42
第22景　Extremely difficult Tongue Twister
（極高難度繞口令）　44
第23景　hear, forget; see, understand; do, remember.
（聽，忘；看，懂；做，記。）　46
第24景　Engineer and unordinary person
（工程師與非常人）　48
第25景　I had no shoes and complained until ...
（我沒鞋而抱怨，直到…）　50
第26景　No pains, no gains. No cross, no crown.
（不苦，無獲。無十字架，無皇冠。）　52
第27景　One hundred sheep
（一百隻羊）　54

第28景 Win the whole world but loses his life.
(贏得全世界卻賠上生命。) 56
第29景 Two house builders
(兩個建屋者) 58
第30景 bricks and stone, house; love, home.
(磚石，房屋；愛，家。) 60
第31景 Even you beat a fool to death, you cannot...
(即使你把一個傻子打死，你也無法…) 62
第32景 Dot your i and cross your t!
(將i打點以及將t打橫線!) 64
第33景 Life is an unceasing struggle.
(人生是一場無止境的奮鬥。) 66
第34景 metaphor—Life is like a shuttle.
(隱喻——人生如梭。) 68
第35景 cats and dogs
(貓狗) 70
第36景 five birds
(五隻鳥) 72
第37景 Rome, Romans
(羅馬，羅馬人) 74
第38景 All lay load on a willing horse.

（馬善被人騎。） 76

第39景 Where there is life, there is hope.

（留得青山在，不怕沒柴燒。） 78

第40景 Dear dad: No mon. No fun. Your son.

（親愛的爹：沒錢。沒趣。你的兒子。） 80

第41景 The twinkling stars

（一閃一閃小星星） 82

第42景 footprint

（足印） 87

第43景 Force is what makes an object accelerate. f=ma.

（力者物之所由而奮者也。f等於m乘以a。） 92

第44景 If a one-foot stick is halved daily...

（一尺之棰，日取其半…） 94

第45景 Relative theory of Einstein

（愛因斯坦的相對論） 97

第46景 The humor of God

（上帝的幽默） 98

第47景 The ideal symbolizes the sunshine.

（理想如日。） 100

第48景 Dragon Boat Festival

（龍舟節） 102

第49景 Mother, cooking; Father, planting; ...
(媽媽，烹飪；爸爸，栽種；…) 104
第50景 UNIVERSITY may stand for...
(大學可解釋成…) 107
第51景 fish, swim; horse, run; bird, fly. sun, shine; water, flow; wind, blow.
(魚游馬跑鳥飛；日照水流風吹。) 109
第52景 6W1H—who
(6W1H——何人) 112
第53景 6W1H—when
(6W1H——何時) 114
第54景 6W1H—where
(6W1H——何處) 116
第55景 6W1H—what
(6W1H——何物) 118
第56景 6W1H—which
(6W1H——何者) 120
第57景 6W1H—why
(6W1H——為何) 122
第58景 6W1H—how
(6W1H——如何) 124

第59景　OICU, URABUTLN, ...
（啊！我看到你，妳是美人愛倫，…）　126
第60景　trap↔part, nap↔pan, ...
（陷阱↔部分，小睡↔平底鍋，…）　128
第61景　Leap year
（閏年）　130
第62景　he→her→here→there
（一→十→土→王→…）　132
第63景　Head I win. Tail you lose.
（正面我贏。反面你輸。）　134
第64景　Why is P like a false friend?
（為何P像偽友?）　136
第65景　...went for ride on a tiger.
（…騎老虎出去。）　138
第66景　Abstract nations
（抽象的國家）　140
第67景　To give credit where credit is due.
（該給的就得給。）　142
第68景　The riddle of river
（河之謎）　145
第69景　I want to be...

(我想要…) 147

第70景 Go! Go!

(加油!!) 149

第71景 Song: When I worry.

(當我憂愁時。) 151

第72景 Song: When your hair has turned to silver.

(當你的頭髮銀白時。) 153

第73景 Song: I saw raindrops...

(我看到雨滴…) 155

第74景 Song: You are my sunshine.

(你是我的陽光。) 159

第75景 Song: River Road

(河路) 161

第76景 Song: Memory

(回憶) 163

第77景 Song: The River of No Return

(大江東去) 167

第78景 Song: The End of the World

(世界末日) 169

第79景 Song: Take these wings

(將翅膀帶走) 172

第80景 Song: Edelweiss
(小白花) 174
第81景 It hurts. It itches. It numbs. It stinks.
(痛。癢。麻。臭。) 176
第82景 heated, expand; cooled, contract.
(熱，脹；冷，縮。) 178
第83景 Mobile Toilet
(流動廁所) 180
第84景 Old men are forgettable.
(老年人健忘。) 182
第85景 Covered with a quilt.
(蒙著被子。) 185
第86景 A nose everybody has.
(鼻子人人有。) 187
第87景 It has been completely changed.
(完全改變了。) 189
第88景 too
(太) 191
第89景 Only he eats the apple.
(只有他吃蘋果。) 193
第90景 Snowball Sentence

（雪球句） 195

第91景 with

（用，以，…） 199

第92景 Ambiguity of sounds

（聲音之模糊） 201

第93景 Sun, Moon, Star

（日，月，星） 203

第94景 metaphor of “with” and “without”

（「with」與「without」的比喻） 205

第95景 Two fathers and two sons

（二父與二子） 207

第96景 Who on earth is it?

（到底那是誰?） 209

第97景 The joke of Names

（姓名大笑話） 212

第98景 Black shoes, white shoes

（黑鞋，白鞋） 214

第99景 One, two, three, ...

（一，二，三，…） 216

第100景 Is there egg in eggplant?

（茄子裡有蛋嗎?） 220

第101景　Is “cheese” the plural of “choose”?
(「乳酪」是「選擇」的複數嗎?)　222
第102景　Writers write but hammers don’t ham.
(寫作家寫但鎚子並不表演過火。)　223
第103景　vegetarian, humanitarian
(素食主義者，人道主義者)　225
第104景　Noses run? Feet smell?
(鼻子跑? 腳聞?)　226
第105景　fat chance=slim chance?
(肥胖機會＝苗條機會?)　227
第106景　sheep, ship; bear, pear; beach, peach; bear, beer
(羊，船；熊，梨子；海灘，桃子；熊，啤酒)　229
第107景　high, low; fat, thin; long, short; deep, shallow...
(高，矮；胖，瘦；長，短；深，淺…)　231
第108景　Wandering in the “World of English”.
(優游於「英文世界」。)　234

# 第 1 景

# lazy lady，wise wife，「笨」husband.

## （懶婦女，聰明的妻子，笨丈夫。）

“Ladies and gentlemen!”為了尊重女性，所以先稱ladies然後才說gentlemen，女士優先嘛！其實從英文字的構造上來看，婦女(lady)與懶惰(lazy)很接近，因lady與lazy只有一個字母之差，因此唸The lady is lazy.或She is a lazy lady.非常順口。

可是女士結了婚，當了太太(wife)就不一樣，變得聰明(wise)了，因wife與wise也只是一個字母之差，所以唸The wife is wise.或She is a wise wife.也很順口。而相形之下，男人(man)與卑鄙(mean)很接近，因man與mean只是差一個字母。於是唸The man is mean.或He is a mean man.十分順口。

但男人結婚當了丈夫(husband)就會變「笨」，因為husband [`hʌzbənd] 唸出來就有「笨」的音。我們可以中英文混在一起唸唸看：

“The husband is very 笨.”(這只是開玩笑的說法。)❶很順口，

---

❶ 記得昔日在大學上電機課程，有位鄉音很重的教授在授課中喜歡夾幾個英文字，常把同學攪得一頭霧水，有一次他說「這點的電壓『恨害』!」，原來是「很high」，「很高」是也。

若說：“The husband is foolish.”或“The husband is stupid.”就不怎麼押韻了。

至於一字之差的字最常見的是：

stationary [`steʃənɛrɪ] 靜止的，不動的，固定的。

stationery [`steʃənɛrɪ] 文具。

# 第2景
# eye, dad, mom, noon, ...
# (眼，爹，娘，正午，…)

有些英文字中的字母從左唸過去，或從右唸回來，都是一樣的，姑且稱它為迴文字吧，例如：eye, dad, mom, noon, peep, level, radar等，正反唸都一樣。

有位英文專家（J. A. Lindon，英國人）寫出迴文句，從句首唸到句尾，再從句尾唸到句首都一樣，令人叫絕，請看：

⑴You can cage a swallow, can't you, but you can't swallow a cage, can you?

其中cage [kedʒ] 當名詞為「籠子」，當動詞為「關進籠子」。swallow [`swɑlo] 當名詞為「燕子」，當動詞為「吞食」。上句的意思是：「你能把燕子關進籠子裡，可不是嗎，但你不能吞下一個籠子，是嗎?」英文共15個字，以but為中心，左右對稱，這樣才能順著讀、逆著讀都一樣。

另外還有一句迴文句也令人稱奇：

⑵Girl bathing on bikini, eyeing boy, finds boy eyeing bikini on bathing girl.

(穿著比基尼沐浴的女孩，眼睛看著男孩，發現男孩眼睛看著正在沐浴女孩身上的比基尼。）共13個字以finds為中心，左右對稱。

另外有一個有趣的句子，是用大寫字母寫的，倒轉180°過來看也是一樣：

NOW NO SWIMS ON MON

意思是「現在星期一無游泳」。

# 第3景
# C makes fat a fact.
# （C使肥胖成為事實。）

make一字的用法很多，例如“I can make it.”（我能做到。）有時make所接的受詞後面還要加一個補語(complement)才能使語意完整，所以有時稱make為不完全及物動詞。請看以下例句：

He makes me laugh.

（他使我大笑。補語為動詞。）

He makes me happy.

（他使我快樂。補語為形容詞。）

He makes me a great man.

（他使我成為偉人。補語為名詞。）

根據這個特性，我們可以寫出很多謎題來：

1. Why is d like a bad boy?

（為何d像壞孩子?）

Because d make ma mad.

（因為d使ma（媽）發狂。）

2. Why is a slim girl afraid of the letter C?

（為何苗條少女怕字母C?）

Because C makes fat a fact.

（因C使肥胖成為事實。fat＋C→fact）

3. Why is the letter T like an island?

（為何字母T像海島?）

Because T is in the middle of WATER.

（因T在水中央。T在WATER的中間。）

4. Why is a good man afraid of the letter E?

（為何好人怕字母E?）

Because E makes man mean.

（因E使man成為卑鄙。man＋e→mean）

5. Why is a healthy man afraid of the letter O?

（為何健康的人怕字母O?）

Because O makes man moan.

（因O使人呻吟。man＋O→moan）

# 第4景
# The longest word in the world—smiles.
# （世界上最長的字——微笑。）

「余致力英文研究，凡四十年，其目的在求英文之美。」事實上，英文很美，大家不妨共同去發掘。建築中有所謂樓中樓，而英文句子中有句中句，字中也有字中字。請先看字中字的謎題：

What is the longest word in the world?

（世上最長的字是什麼?）

謎底： Smiles. Because there is a mile between the first and the last letter.

（微笑。因在第一和最後的字母之間有一哩。）

另外一個特殊的句子是連續用到五個that，而且句中有句：

That① that② that③ that④ that⑤ man writes is wrong is a fact.

（那個人寫的那個那字是錯的，是事實。）

句中第①個that帶動名詞子句that② that③ that④ that⑤ man...wrong，第②個that是形容第③個that之用的形容詞，第④個that是關係代名詞，第⑤個that是形容man之用的形容詞。

上句的英文結構是由下面句子變化而來：

It is a fact that the earth is round.

（那是事實，地球是圓的。）

我們可將子句that the earth is round搬到句首當做主詞用。

That the earth is round is a fact.

（地球是圓的，乃是事實。）

中文沒有關係代名詞之類的詞，所以表達起來不像英文那樣簡潔。例如：

We all know the fact that he has succeeded.

（我們都知道這件事實，那就是他成功了。）

# 第 5 景
# bonsai, decide, trouble, ...
# （放屎，豬屎，娶某，…（臺語發音））

有些英文字的發音若用臺語去聽會使人捧腹，有時也會使人感到尴尬，例如：

bonsai [bɑn`saɪ] 盆景，盆栽。

這個字的發音很像臺語的「放屎」（拉屎），有趣吧。事實上bonsai的發音與國語「盆栽」的發音是相近的。

decide [dɪ`saɪd] 決定。

聽起來很像臺語的「豬屎」，假若沒有後面的“d”音，那才真像極了。

sip [sɪp] 啜，呷，一點一點的喝。

這個字就像臺語的「啜」。

take it [tek ɪt] 拿去。

唸起來（唸快一點）就是臺語的「拿去!」

lose [luz] 失去，輸掉。(此字的發音與臺語的「都輸」極相似)

有一個字含意極深：“trouble”

trouble [`trʌbl̩] 麻煩，煩惱。

這字的發音很像臺語的「娶某」。事實上，娶了太太，煩惱就多了。

所以臺語的「婹某」就相當於英文的“trouble”。

英文有句格言說得很好:

Never trouble trouble till trouble troubles you.

(絕不打擾麻煩直到麻煩打擾你。)

意思是別「庸人自擾」，別「杞人憂天」。

類似這些諧音字太多了，有人甚至收集成書，有興趣的讀者不妨一讀。

# 第6景
# riddle—honeymoon
# （謎語——蜜月）

有個謎題值得玩味：

My first is with bee.

My second rules the sea.

My whole I would spend with thee.

（我的第一部分與蜜蜂同在。我的第二部分統治海洋。我的全部將與你共度。）

rule [rul] 統治。

spend [spɛnd] 花費。

thee [ði] 你(you)的古體字。舊版聖經常用此字。

為求押韻，用thee而不用you，因為前面兩句分別有bee, sea，用you就不順口了。

上句謎題的謎底是honeymoon（蜜月）。因第一部分honey（蜂蜜）當然與bee同在。而第二部分moon使海洋有潮汐現象，當然是統治海洋，而整個全部honeymoon當然要與你(thee)共度，一個人怎麼可能度蜜月呢？整個謎題是以 [i] 音押韻，若將honey, moon和honeymoon三個字分別代入上面的謎題三句中，便成了：

Honey is with bee.

Moon rules the sea.

Honeymoon I would spend with thee.

# 第7景

# bed, eye, man, woman.

# （床，眼，男人，女人。）

有些英文字造得很奇妙，有的像中文有象形的味道，例如：bed [bɛd] 床。

bed

這個字“bed”就像一張床bed。床不可能拼成“deb”，這就不像床了。另外一個極為象形的字是：eye [aɪ] 眼睛。

請看eye像不像兩隻眼睛？ 這兩個字的確太象形了， 滿耐人玩味的。

另外一個字造得很神奇，不過需要讀者多用點想像力，這個字是：woman。

woman [`wʊmən] 女人。

man是男人。為何女人(woman)要比男人(man)多出兩個字母w和o?

請以象形的觀點去想像，答案就出來了。

另外有兩個字常使我們混淆，就是：

health [`hɛlθ] 健康。

wealth [`wɛlθ] 財富。

到底是h或w開頭？創這兩個字的人很聰明，請看h像不像一個人在跑？既然能跑，當然是「健康」啦。w像不像兩個放在一起的元寶？既然是元寶，當然是財富。

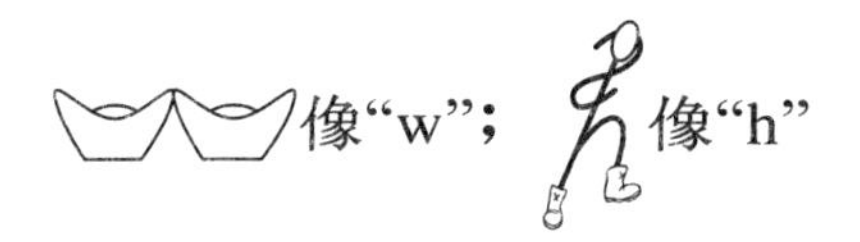

# 第 8 景

## drink＋down→drown

## （喝＋下→溺水）

前面提過，有的英文字是象形字，例如bed, eye, health, wealth, man, woman。有些字則像中文的「會意」字。你認識drown這個字嗎？若不認識，那太好了，我將告訴您如何第一次就把這個字記牢，永誌不忘。如果你已經知道它的意義是「溺水」，也請看這個字是怎麼來的：

drown [draʊn] 溺水。

它是取drink（喝）前面兩個字母dr與down（下）後面三個字母own合併而成，即

drink＋down→drown

當然照字面上的意義是「喝」了以後就往「下」，自然是「溺水」了。英文字很有意思吧！若是從欣賞的眼光去讀英文，英文就變得有趣極了。這有點像中文的「卡」是由「上」加「下」而成，「歪」＝「不」＋「正」，口＋乞→吃，有異曲同工之妙。

談到drown一字，我們會馬上想到一句與這個字有關的諺語：

A drowning man will catch at a straw.

（一個溺水的人連稻草都去抓。）

這句諺語引申的含意是「病急亂投醫」或「饑不擇食」。drowning是drown的現在分詞，當形容詞用。現在分詞當形容詞用有主動的意味。因溺水的人是掉到水裡自己喝水，不是被別人灌水，所以用現在分詞“drowning”。

# 第 9 景
# The complement of “leave”, adjective.
# （「任憑」的補語，形容詞。）

leave一字有不同的解釋，可做「離開」解，例如：

He leaves his family.

（他離開他的家庭。）

He leaves Tainan for Taipei.

（他離開臺南前往臺北。）

leave　left　left 是三變化的形式。

leave還可做「任由」解，例如：

Leave me alone!

（任由我單獨一人，意即別打擾我，請走開的意思。）

He leaves the door ajar.

（他任由門半開著。）

受詞後面的補語(complement)要用形容詞。像下面的句子，要特別注意詞類的變化：

He leaves the sheep eating grass on the hillside.

（他任由羊在山邊吃草。）

句中的eat一定要加ing變成eating（現在分詞），當形容詞用。

She leaves her baby sleeping in the bed.

（她任由她的嬰兒睡在床上。）

請注意leaf（樹葉），複數是leaves，例如：

The leaves fall from the trees.

（樹葉從樹上落下。）

The leaves hang trembling on the trees.

（樹葉懸掛在樹上顫動。）

請問下句如何寫成英文：

他任由樹葉從樹上落下。

應寫成He leaves the leaves falling from the trees.

# 第 10 景

# The complement of “let”, verb.

# (「讓」的補語，動詞。)

let（讓）的三變化完全一樣let　let　let。

let後面接受詞，受詞後也要接補語(complement)，此時補語要用原形動詞，例如：

Let him go!（go是動詞原形，不可用goes!）

（讓他去!）

有一句很有名的格言是：

Let sleeping dogs lie.（lie是動詞原形，不可用lies或lying。）

（讓睡覺的狗躺著，意即別惹是生非，別興風作浪。）

She lets her baby sleep in the bed.

（她讓她的嬰兒睡在床上。）

請比較以下的句子：

She leaves her baby sleeping in the bed.

（她任由她的嬰兒睡在床上。）

像下面的句子如何寫成英文：

「他讓他的兒子獨自一人在家。」

可要留意let後面受詞的補語要用動詞的原形。

He lets his son be alone in the house.

因alone（單獨的）是形容詞，所以前面要加be，be是原形動詞，它代表am, is, are。

若將let改為leave，則須寫成：

He leaves his son alone in the house.

請注意leaves後面受詞的補語是形容詞，“alone”就是形容詞。

# 第 11 景

## The complement of "have", past participle.

## (「有」的補語，過去分詞。)

have（有）的三變化have　had　had。

我有一棟別墅。(I have a villa.)你有一條響尾蛇。(You have a cobra.)他有一把雨傘。(He has an umbrella.)這些用法是大家最常用的。我們現在來看看比較特殊的用法：

(1)I have my faucet fixed.

（我叫人修我的水龍頭。）

這時不能逐字譯成「我有我的水龍頭修理。」

(2)"I have my hair cut."≠"I cut my hair."

（「我叫人剪我的頭髮。」≠「我剪我的頭髮。」）

這時have很像前面談過的make, leave, let，是及物動詞，後面接受詞，而受詞的補語要用過去分詞。

fix　fixed　fixed（修理）

cut　cut　cut（割、切）

但下一句就不一樣了：

(3)I have him fix my faucet.

（我叫他修我的水龍頭。）

(4)I have him cut my hair.

(我叫他剪我的頭髮。)

上兩句受詞後的動詞要用原形，這是因為have後面接的是「人」而非「物」。

當然have還有一個用法是完成式，各位可曾知道英文的完成式是臺語的說法，例如：

(5)I have seen him.

字譯：我有看到他。(以臺語唸)就是「我已經看到他了。」

(6)He has eaten a pear.

(他有吃一個梨子。就是「他已經吃了一個梨子。」)

只是have的後面要接過去分詞罷了。

不過遇到「我已經有很多錢。」就不能照字譯。

(7)I have had much money.可不能用臺語說成「我有有很多錢。」

# 第12景

## Six up's and six down's.

## （六個上和六個下。）

人往高處走，水往低處流。誰都希望自己平步青雲，事業蒸蒸日上，欣欣向榮，沒有人願意每下愈況，暮氣沉沉。所以大家都喜歡up（上），沒有人願意down（下）。

您可知道英文有六個up？首先要「醒來」(wake up)。若一覺不起，便與世長辭了。“wake up”之後一定得「起床」(get up)。睜著眼賴在床上不行，“get up”之後不能坐在床上，要“stand up”（站起來）。“stand up”後靠在牆邊不好，所以要“warm up”（暖身），使筋骨活絡起來。“warm up”之後，才能「振作起來」(cheer up)。“cheer up”之後，做事才能「振奮加速」(speed up)。

總結是要wake up, get up, stand up, warm up, cheer up and speed up。

與六個up相對的當然是六個down：

做事最怕「慢下來」(slow down)。“slow down”之後，便不開朗，好像被絆住一樣，於是受到「羈絆」(tie down)。被“tie down”之後，動彈不得，於是「涼了下來」(cool down)。一旦“cool down”，便會“sit down”。“sit down”之後，便會「躺下」(lie down)。“lie down”

之後，最終就會“die down”（死翹翹）。

總結六個down是slow down, tie down, cool down, sit down, lie down and die down。

我們最好要六個up，不要六個down。

# 第13景

# Out of the frying pan and into the fire.

# (每下愈況)

# To make a mountain out of a molehill.

# (小題大作)

情況愈來愈糟，我們便說「每下愈況」。到底用英文怎麼表達？英文是用實際的例子說明：一隻蝦子被丟進「炸鍋」(frying pan)馬上就要變成炸蝦，情況當然很糟，這時蝦子奮力一掙，跳「出了炸鍋」(out of the frying pan)，卻跳「進了火裡」(into the fire)，豈不更糟？所以「每下愈況」的英文是：

Out of the frying pan and into the fire.

談到out of一詞，我們會聯想到另外一句常用的諺語：「小題大作」「大驚小怪」，看到別人臉上長了一顆小小的青春痘，便說這人的臉上長了個大膿疱。人家夫妻發生了一點小口角，便說他們吵得要離婚。有一種鼴鼠(mole)會挖洞，把土堆成一個小土丘，成了「鼴鼠丘」(molehill)，有人看到molehill便說看到一座「山」(mountain)，所以英文的「小題大作」或「大驚小怪」是：

To make a mountain out of a molehill.

「別小題大作！」

(Don't make a mountain out of a molehill!)

在甘迺迪總統就職演說中有一句名言， 其中也有“out of”一詞：

Let us never negotiate out of fear, but let us never fear to negotiate.

（讓我們絕不要出於恐懼而談判，但讓我們絕不懼怕談判。）

negotiate [nɪ`goʃɪˌet] 磋商，談判。

# 第 14 景

# Who has seen the wind?

# (誰見過風?)

看到風吹葉落的景象,便想到早年名歌星周璇唱的一首歌「黃葉舞秋風」,歌詞極美,令人回味無窮:

「黃葉舞秋風,伴奏的四野秋蟲。粉臉蘆花白,櫻唇楓血紅。
自然的節奏,美麗的旋律,異曲同工。只怕那霜天曉角,雪
地霜鐘,一掃而空。」

這一段歌詞又勾起了我對一首英文詩"Who has seen the wind?"的回憶,這首詩太美了,必須寫出來與大家分享:

Who has seen the wind?
Neither you nor I.
But when the trees bow down their heads,
the wind is passing by.
Who has seen the wind?
Neither I nor you.
But when the leaves fall from the trees,
the wind is passing through.

其中"But when the leaves fall from the trees, ...",有的改寫為"But

when the leaves hang trembling, ...”，意境都很美。一個是「樹葉落下」，一個是「掛著顫抖」，各有千秋。

這首詩的中文是：「誰見過風？既非你亦非我。但是當樹梢低垂時，風正從旁吹過。誰見過風？既非我亦非你。但是當樹葉從樹上落下時，風正從中穿過。」

# 第 15 景

# Rainbow, rainbow, beautiful rainbow!

# （彩虹，彩虹，美麗的彩虹！）

看到bow [baʊ]（鞠躬，彎下），就想到弓，弓也是bow，但當bow做名詞「弓」的解釋時，要唸成 [bo]。中文很妙，將「身」彎成「弓」就成了「躬」。所以鞠躬一定要彎下身子。

英文有一個字也很妙，就是rain＋bow→rainbow，下雨後天上出現一道「弓」，就是「虹」。「虹」就是“rainbow”。照英文字來看，中文的虹應創為「雩」，為何當初用虫＋工→虹，虫做工怎麼是rainbow？真是想不通。也罷，讓我們來看一首「虹」的英文詩吧！

Rainbow! Rainbow!

Beautiful rainbow!

In the blue sky,

I behold a beautiful rainbow.

After rain comes sunshine.

The sunshine is like an arrow.

The rainbow is like a bow.

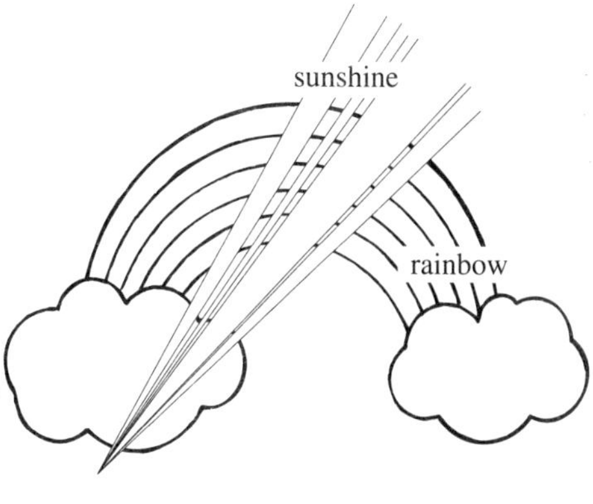

彩虹！彩虹！美麗的彩虹！在藍天上，我看到一道美麗的彩虹。雨過天青，陽光似箭，彩虹如弓。

arrow [`æro] 箭。

有句諺語：

Time flies like an arrow.

（光陰似箭。）

# 第16景

# Two birds

# （兩隻鳥）

看到樹(tree)，我們就立刻聯想到鳥(bird)。在樹上的鳥自由自在，非常快樂；在籠中的鳥雖然不渴不餓，整天悠閒歌唱，但是失去了自由，毫不快樂。這裡有一篇短文，描寫兩隻不同處境的鳥，雖然文句平實簡單，但卻發人深省。

Here is a bird in the cage.

He is not hungry.

He is not thirsty.

He sings the whole day long.（整天）

But is he happy?

Here is a bird in the tree.

He has to build his own nest.（他得築他自己的巢。）

He has to find his own food.（他得找他自己的食物。）

He will have a hard time when winter comes.（艱困的時日）

But he is happy for he is free.

文中的"have to"譯成中文是「得」的意思，雖然有「必須」的含意，但比must意味要弱一點，例如：

It's too late. I have to go now.

（太晚了，我得走了。）

You don't have to sit up late in the night.

（你不必要晚上熬夜。）

"hard time"字譯為艱難的時間，指難熬的時日。

He is too fat. He is afraid of hot weather. He will have a hard time when summer comes.

（他太胖，他怕熱天。當夏天來臨時，他的日子將很難熬。）

# 第 17 景
# dragon, dragonfly; fire, firefly; ...
# （龍，蜻蜓；火，螢火蟲；…）

提起“Time flies like an arrow.”（光陰似箭。），便會聯想到“fly”（飛）這個字，它的三變化是：fly　flew　flown。

The bird flew away yesterday.

（昨天鳥兒飛走。）

The bird has flown away.

（鳥兒已飛走。）

fly另一解釋是「蒼蠅」。

The fly is flying around.（蒼蠅在周遭飛。）

fly與其他相關的字組合，變成一種昆蟲：

house＋fly→housefly（家蠅）

dragon（龍）＋fly→dragonfly（蜻蜓）（蜻蜓眼睛酷似龍眼。）

fire（火）＋fly→firefly（螢火蟲）（螢火蟲飛時如火飛也。）

butter（奶油）＋fly→butterfly（蝴蝶）（奶油飛如蝴蝶也。）

請看以下有趣的句子：

The house cannot fly, but a housefly can fly.

The dragon cannot fly, but a dragonfly can fly.

The fire cannot fly, but a firefly can fly.

The butter cannot fly, but a butterfly can fly.

spleen [splin] 脾

gall [gɔl] 膽囊

candle [`kændl̩] 蠟燭

singe [sɪndʒ] 燒焦

有兩句fly的名言，值得一提：

The fly has her spleen and the ant her gall.

（蒼蠅有脾，螞蟻有膽。）

引申之意為弱小者也有脾氣，切勿欺之過甚。

The fly that plays too long in the candle, singes his wings at last.

（在燭火中戲耍的蒼蠅終會燒焦翅膀。）

意指飛蛾撲火終將焚身。

# 第18景

## Computer Mathematics English 00, 01, 10, 11

## (電腦數學英文00, 01, 10, 11)

在這個資訊發達的時代，大家一定知道電腦數學所用到的只是0和1，若用三個位元表示0, 1, 2, 3, 4, 5, 6, 7八個十進位數字，可寫成000, 001, 010, 011, 100, 101, 110, 111。若以「--」表示0,「—」表示1，則將上面八個二進位數排起來，就成了☷(000) ☳(001) ☵(010) ☱(011) ☶(100) ☲(101) ☴(110) ☰(111)八卦。

有的英文句子也符合二進位結構，若只用兩個位元，它的組合就是00, 01, 10, 11四種。今若以0表示knows not，以1表示knows，則以下四句就不難記憶了。

He who knows not (0) and knows not (0) he knows not, is dangerous, shun him.

He who knows not (0) and knows (1) he knows not, is simple, teach him.

He who knows (1) and knows not (0) he knows, is sleeping, wake him.

He who knows (1) and knows (1) he knows, is wise, follow him.

其人不知而不知其不知，危矣，避之。

其人不知而知其不知，憨矣，教之。

其人知而不知其知，昏矣，喚之。

其人知而知其知，智矣，隨之。

原來「語文」與「數理」有密切的關聯，其間的道理都是相通的，所以一通則百通，學英文不要忘了數理的觀念，因為「他山之石可以攻錯」。您說是嗎?

# 第19景
# A special teacher
# （一位特殊的教師）

有這麼一則趣事。一位任教於某國中的老師總是設法挑有最壞學生的最差的班級教，問其原因，則曰：「將好學生教好是『正常』。將好學生教壞是『罪過』。將壞學生教好是『奇蹟』。將壞學生教壞是『當然』。」問：「想必是要創造奇蹟?」該師笑曰：「那是『當然』!」這段的英文可這麼寫：

A teacher teaching in a certain junior high school always tried his best to choose the worst class with the worst students to teach. He was asked why he did so. The teacher answered,

"It is normal to make good students good.

It is sinful to make good students bad.

It is a miracle to make bad students good.

It is natural to make bad students bad."

"Then you want to make a miracle, right?" He was asked. The teacher replied with a smile, "That's 'natural'!"

文中有四句也類似電腦數學0, 1的結構。若以0表good，1表bad，則上面四句正好是00 (to make good students good), 01 (to make good students bad), 10 (to make bad students good), 11 (to make bad students bad)。

這則趣事的妙處在於那位老師的妙答「那是『當然』」。該句是雙關語，他所指的「當然」是將壞學生教壞。看笑話或聽笑話要有幽默感(the sense of humor)，否則，你絕對笑不出來。

# 第20景

## Tree root data structure English (Why worry?)

## （樹根狀資料結構英文（為何憂慮?））

電腦的資料結構中，有樹根狀的結構模式。一般的模式是假設有兩種情況：A和B。若不是A，則是B；而B又有兩種情況：C和D。若非C，則為D；而D又有兩種情況，…，如同樹根，一直往下蔓延，最後總會得到一個結論。

英文短文中也有這樣類似的結構，請看一篇極富寓意詼諧精彩的文章❷：

Why worry?

There are only two things to worry about.

Either you are well or you are ill.

If you are well, there is nothing to worry about.

If you are ill, there are only two things to worry about.

---

❷ 昔日在美國普渡大學(Purdue University)唸書，住在208 Wiggens Street, West Lafayette, Indiana。該屋的大門廊簷下掛了一個老舊的木牌，上面寫的是些花體字。我平日早出晚歸，從未留意其中內容。一日，在門口等美國友人接我同去看美式足球(football)賽，在友人來之前，仔細看了看牌子上的內容，原來是這麼一篇妙文"Why Worry?"!

Either you get well or you die.

If you get well, there is nothing to worry about.

If you die, there are only two things to worry about.

Either you go to heaven or you go to hell.

If you go to heaven, there is nothing to worry about.

If you go to hell, you will be busy shaking hands with your friends there, you won't have time to worry about.

文中go to hell（下到地獄）之後，不再有兩件事堪憂了，若是這樣下去，文章永遠無法收尾，最後出乎意料之外的是「若下到地獄，你會忙著跟那裡的朋友們握手，你不會有時間憂愁。」附帶說明一句英文：

What are you busy with?

（你在忙什麼?）

I am busy doing my homework.

（我忙著做功課。）

注意busy後面的動詞要用現在分詞的形式。

## “Why Worry?”一文的樹根狀結構圖

There are only two
things to worry about.

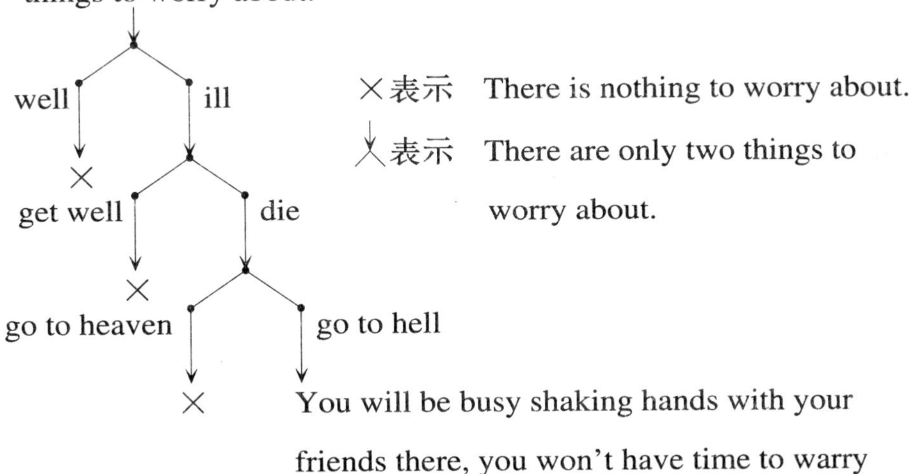


You will be busy shaking hands with your friends there, you won’t have time to warry about.

# 第21景
# Tongue Twister
# (繞口令)

跳舞之前要先做暖身運動，游泳之前也一定先要做柔身操。唸英文也一樣，要讓舌頭靈活，一定先要練繞口令(tongue twister)。twister是扭扭舞，唸繞口令的時候，舌頭好像在跳扭扭舞一樣，所以繞口令就叫做tongue twister。熟唸以下繞口令對唸英文有很大的幫助：

(1) I lend ten men ten hens.

(我借給十個男人十隻母雞。)

(2) Of all the saws① I ever saw②, I never saw③ a saw④ saw⑤ like this saw⑥ saws⑦.

(在我所曾見過②的鋸子①中，我從未見過③一把鋸子④鋸東西⑤像這把鋸子⑥鋸東西⑦過。)

(3) She sells sea shells by the sea shore,

If she sells sea shells by the sea shore,

Where are the sea shells she sells by the sea shore?

(她在海岸邊賣海貝殼。假如她在海岸邊賣海貝殼，她在海岸邊賣的海貝殼在那裡呢?)

saw [sɔ] 看(see)的過去式；鋸子，鋸。

sell [sɛl] 賣。

shell [ʃɛl] 貝殼。

shore [ʃor] 岸。

# 第22景

# Extremely difficult Tongue Twister

# （極高難度繞口令）

兒時唸的繞口令：「廟裡鼓，鼓破用布補，鼓補布，布補鼓。」十分有趣。及至成年，到美國留學，與老外閒聊，叫他們唸，他們五音不全，唸起來更是好玩。殊不知，英文的繞口令，也能使我們舌頭打結，令老外好笑。英文的繞口令有些更難唸的，須長時間練習，才可達到「熟能生巧」的境界。例如：

(1)Peter Piper picked a peck of pickled peppers.

A peck of pickled peppers Peter Piper picked.

If Peter Piper picked a peck of pickled peppers.

Where is the peck of pickled peppers Peter Piper picked.

（彼得派波揀了一配克的醃辣椒。…）

(2)A woodchuck could chuck wood.

How much wood would a woodchuck chuck if a woodchuck could chuck wood?

He would chuck as much wood as he could chuck if he could chuck wood.

woodchuck [`wʊd,tʃʌk] 土撥鼠。

could [kʊd] can的過去式。

chuck [tʃʌk] 撥弄。

wood [wʊd] 木材。

(3)I am not the big fig plucker nor the big fig plucker's son, but I'll pluck big figs till the big fig plucker comes.

(我既非摘大無花果的人，也非摘大無花果人的兒子，但是我要摘些大無花果，直到摘大無花果的人來臨。)

(4)Round and round(①) the rugged(②) rocks(③) the ragged(④) rascal(⑤) ran.

(衣衫襤褸的(④)流氓(⑤)繞著(①)凹凸不平的(②)岩石(③)跑。)

# 第23景

## hear, forget; see, understand; do, remember.

## （聽，忘；看，懂；做，記。）

人類的五官是eye, ear, nose, tongue和finger，其發揮的作用是see, hear, smell, taste和feel。所以我們常說：

I see with my eyes.

（我用眼睛看。）

I hear with my ears.

（我用耳朵聽。）

I smell with my nose.

（我用鼻子聞。）

I taste with my tongue.

（我用舌頭嚐。）

I feel with my fingers.

（我用手指頭感覺。）

These are our five senses. We see, we hear, we smell, we taste and we feel.

sense [sɛns] 感官。

其中除了nose和tongue之外，其他eye, ear, finger都可用以提升我們的知識水準。請看以下三句：

I hear and I forget.

I see and I understand.

I do and I remember. ❸

（我聽了就忘了。我看了就懂了。我做了就記住了。）

有句諺語說得好：

To see is to believe.

或Seeing is believing.

（眼見為真。）

百聞不如一見。聽了可能很快就忘了，看了以後才相信，於是了解了，但要身體力行後才能永誌不忘。

---

❸ 這三句話是我昔日英文班的學生胡景瑜在紐西蘭旦尼丁唸大學時提供給我的資料。在此謹誌謝意。

# 第 24 景
# Engineer and unordinary person
# (工程師與非常人)

在近代科技的一個分支「數位影像處理」(Digital Image Processing) 中，有一種技術叫「影像膨脹法」(Image dilation [daɪˋleʃən])，可使一個影像擴大。另一種技術是「區域成長法」(region growing)，可使影像中某一區域成長。在英文句子中，亦可使用類似的方式將一個原本簡單的短句擴大成長為一個複雜的長句。請看以下句子逐步變化的過程：

(1)I can do it.①

(我能做這件事。)

今將“what you can do”（你所能做的）取代①而成。

(2)I② can do what you③ can do.

今以an unordinary person取代②，並以an ordinary person取代③。

(3)An unordinary person can do④ what an ordinary person can do⑤.

在④，⑤do的後面分別加for one dollar，for two dollars。

(4)An unordinary person can do for one dollar what an ordinary person can do for two dollars.

現在將An engineer加到上句的句首，並用關係代名詞who，最後就可寫出一個很長的句子來：

(5)An engineer is an unordinary person who can do for one dollar what an ordinary person can do for two dollars.

（工程師是一「非常人」，他能用一塊錢做「常人」要用兩塊錢所能做的事情。）

您能想像第(5)句是從第(1)句膨脹成長而來的嗎？

# 第25景

# I had no shoes and complained until...

# （我沒鞋而抱怨，直到…）

不滿於現狀就會抱怨(complain)，很少人對周遭的人、事或物不滿而保持沉默的，所以complain [kəm`plen] 似乎是人的本性。只是天下的事都是相對的，「人比人氣死人」是大家耳熟能詳的一句話。聽說古代有個不知民間疾苦的太子，大臣向皇上報告天下饑荒，老百姓沒有飯吃，太子竟然答道：「沒有飯吃，為何不吃肉丸?」怎會不引起民怨呢？請看以下的抱怨：

⑴I had no shoes and complained until I met a man who had no feet.

（我沒鞋而抱怨，直到有一天我遇到一個沒有雙腳的人。）

仿上句名言，我們也可寫出類似的句子：

⑵I had no gloves and complained until I met a man who had no hands.

glove [glʌv] 手套。

⑶I had no villa and complained until I met a man who had no house.

villa [`vɪlə] 別墅。

(4)I had no jacket and complained until I met a man who had no underwear.

jacket [`dʒækɪt] 夾克。

underwear [`ʌndɚˌwɛr] 內衣。

當然我們可以開個玩笑說：

(5)I had no hat and complained until I met a man who had no head.

# 第 26 景

## No pains, no gains. No cross, no crown.

## （不苦，無獲。無十字架，無皇冠。）

很多諺語都非常押韻，所以唸起來十分順口，例如：

(1)No pains, no gains.

（不入虎穴，焉得虎子。天下無不勞而獲的事情。）

字譯：無痛苦，無收穫。

pain [pen] 痛苦。

gain [gen] 收穫。

另一句相似的諺語：

(2)No cross, no crown.

（不背十字架，那得戴皇冠。）

字譯：無十字架，無皇冠。

cross [krɔs] 十字架。

crown [kraʊn] 皇冠。

這句諺語雖然音未押韻，但cross與crown二字是極為相近的。請注意clown [klaʊn] 是「小丑」，千萬別與 crown（皇冠）相混淆。

(3)If you want to thrive, you must get up at five.

（你若想興旺，五點必起床。）

thrive [θraɪv] 興旺，興盛。

thrive與five押韻。

(4)Early to bed and early to rise,

makes a man healthy, wealthy and wise.

（早睡早起，使人健康、有財富又聰明。）

rise [raɪz] 與wise [waɪz] 二字押韻。

healthy [`hɛlθɪ] 健康的。

wealthy [`wɛlθɪ] 有財富的。

rise　rose　risen 升起。

這段名言是昔日美國總統富蘭克林說的。

# 第 27 景
# One hundred sheep
# （一百隻羊）

goat [got] 是山羊， sheep [ʃip] 是綿羊。 sheep的複數仍然是sheep，不能加s！注意sheep的發音是 [i] 長音，而ship（船）[ʃɪp] 的發音是 [ɪ] 短音，千萬不可混淆，否則會鬧出笑話。

請看下面的句子：

The sheep is on the ship.

（羊在船上。）

很合邏輯，但若長短音唸錯，就成了

The ship is on the sheep.

（船在羊上。）

就很荒唐了。

談到sheep，就令我們聯想起一句名言：

If a man has one hundred sheep and one of them gets lost. What does he do? He leaves the other ninety-nine sheep eating grass on the hillside and goes to look for the lost sheep.

（假如一個人有一百隻羊而其中一隻走失了。他該怎麼辦？他任由其他九十九隻羊在山坡上吃草而去尋找那一隻走失的羊。）

其中leave [liv] 的說明請參看第9景。

事實上，這句名言故事是出自《聖經》(*Bible*)馬太福音第18章第12節(Matthew 18.12)或路加福音第15章第4節(Luke 15.4)。有興趣的讀者可多參看*Bible*，尤其是用簡潔的英文所寫的*Good News Bible*（內附插圖者）更是絕佳的英文課外讀物。

# 第 28 景
# Win the whole world but loses his life.
# （贏得全世界卻賠上生命。）

(1)Where there is life, there is hope.

（留得青山在，不怕沒柴燒。）

字譯：有生命(life)之所在，就有希望(hope)。

也許各位聽過這樣的說法：人生下來點數是1，以後逐漸成長，價值點數日益增加，小學畢業，變為10；國中畢業又加個零，變為100；日後得到學位又加零，變為1,000, 10,000, ...；有了地位，有了事業，有了美妻嬌子，洋房轎車，…零加得越多，可能是1,000,000,000...。但是若失去了生命，前面的1消失了，則後面的一切都歸於零。

*Good News Bible*裡有這麼一句名言：

(2)Will a person gain anything if he wins the whole world but loses his life?

（假若一個人贏得了全世界，卻失去了他的生命，將會得到什麼呢?）

person [ˋpɝsn̩] 人。不含性別，可指男人或女人。

gain [gen] 獲得。（請參看第26景）

win [wɪn] won won 獲勝，贏得。

lose [luz] lost lost 失去，丟掉。

談到生命(life)我們就會想起很多有關生命的名言，例如：

(3)Life is short. Art is long.

(生命短暫，而藝術長久。)

(4)Life is an unceasing struggle.

(人生是一場無止境的奮鬥。)

(5)Life is a light before the wind.

(生命有如風中燭。)

(6)Life is a shadow.

(人生猶如幻影。)

(7)Life is lifeless without health.

(無健康生命就了無生機。)

# 第29景
# Two house builders
# （兩個建屋者）

萬丈高樓平地起，建造高樓大廈之前必須先對建地做地質探勘的工作，看地層是否堅實，基地是否牢固。只聞有人建屋於岩石之上，未聞有人建屋於沙土之中。所以在*Good News Bible*裡有一段文章，標題就是「兩個建屋者」(Two House Builders)，內容如下：

⑴Anyone who hears my teachings and obeys them is like a wise man who builds his house on solid rock.

（凡聽我的教誨並遵照去做的人就像建屋於堅固岩石之上的智者。）

⑵Anyone who hears my teachings but does not obey them is like a foolish man who builds his house on loose sand.

（凡聽我的教誨卻不遵照去做的人就像建屋於鬆軟沙土之上的愚者。）

teach　taught　taught 教。

teaching是teach的現在分詞，可作動名詞之用，「教導」、「教誨」。

obey [o`be] 服從，遵從。

solid [`sɑlɪd] 堅實的。

rock [rɑk] 岩石。

loose [lus] 鬆散的。

sand [sænd] 沙。

句中有兩個關係代名詞who。事實上，上面的句子可拆開成三個句子：

(3)Anyone hears my teachings and obeys them.

(4)The man is like a wise man.

(5)The wise man builds his house on solid rock.

用兩次關係代名詞who就可將此三句整合成一大句。

# 第30景

# bricks and stone, house; love, home.

# （磚石，房屋；愛，家。）

談到房屋(house)，就想到「家」(home)。「家」就是“home”，「回家」就是“go home”，這個家是抽象的，所以只能說go home，而不能說go to home （但上學要說go to school， 而不能說go school)。「家庭」是“family”。所以family, home, house是有不同的含意的。例如在戰火中，有一個五口之「家」(family)，他們的「房屋」(house)全毀，流落異鄉，無「家」(home)可歸。

house是具體的，home是抽象的。有一句話說得很好：

Houses are built of bricks and stone.

But home is made of love alone.

（房屋是由磚石所造，但家僅由愛所築成。）

brick [brɪk] 磚。

alone [ə`lon] 單獨的。

記得在小女的婚宴中，我將這段話印在卡片上，分送給每一位嘉賓。

若一個“family”雖然住的“house”豪華高雅，但是“family”中的成員(member)相處並不和諧，他們仍然不會有一個甜蜜的

"home" (sweet home)。

有一個句子的翻譯要留意:「我家有五口。」應寫成"There are five members in my family."若五個都是大人,當然也可寫成"There are five people in my family." 但若是其中有一個還很小,只有兩歲,最好用members而不宜用people。

# 第 31 景

## Even you beat a fool to death, you cannot...

## （即使你把一個傻子打死，你也無法…）

以前在吸塵器還不流行的時代，毯子髒了，一般是把它掛起來用棍子打，可以把裡面的灰塵打出來。中國人以前教育子女時，常強調不打不成器。但是對一個傻瓜(fool)來說，傻瓜本身具有愚性(foolishness)，是不是也可以像毯子一樣把傻瓜吊起來用棍子打一頓，就可以把他身體裡的愚性打出來？行嗎？恐怕把他打死，他變成了鬼也還是一個笨鬼哩！有句名言是這樣寫的：

⑴Even you beat a fool to death, you cannot beat the foolishness out of him.

（即使你把一個傻瓜打死，你也無法把他的愚性從他身體裡打出來。）

句中的beat [bit] 打，三變化是beat　beat　beaten。

beat亦作心臟「脈搏跳動」解，例如：

⑵My heart is beating so fast.

（我的心跳得好快。）

to death中的to是介系詞的to，所以後面接名詞。注意這個to不是「不定詞」的to，所以不能說You beat a fool to die.

智與愚之間有很大的差距，請看以下名言即可知曉：

(3)The wise man hides his wisdom; the fool displays his foolishness.

(智者隱其智；愚者顯其愚。)

(4)The wise man knows himself to be a fool, the fool thinks he is wise.

(智者認為自己笨，愚者自以為聰明。)

(5)Wise men silent, fools talk.

(智者話少，愚者話多。≈小溪聲喧嘩，大海寂無聲。)

(6)Wise men learn by other men's mistakes; fools by their own.

(智者從別人的錯誤中汲取教訓；愚者自己犯了錯才得到教訓。)

# 第 32 景

# Dot your i and cross your t!

# （將 i 打點以及將 t 打橫線!）

德國人不容易丟東西，從小就被要求每當離開一個地方，一定要回頭跟那地方說："Aufwiedersehen!"（再見），所以不易遺忘東西。德文再見的發音好似「傲夫非得謝恩」。

care這個字有很多不同的用法，當名詞是照顧，例如：

(1)Please take care of my baby when I am away.

（請在我離開時照顧我的嬰兒。）

(2)I don't care!（此處care當動詞用。）

（我不在乎！≈我才不管呢!）

careful小心的。凡字後面加ful幾乎都是形容詞。

(3)He is very careful.

（他很細心。）

carefulness為名詞，「小心」。

(4)His carefulness saved his life.

（他的細心救了他一命。）

careless不細心的，粗心的。

carelessness為名詞，「粗心」。

(5)His carelessness caused much trouble.

（他的粗心造成很大的困擾。）

寫英文最忌"i"忘了打點，"t"忘了打橫線，所以我們常說：

(6)Don't forget to dot your "i"and cross your "t".

或加一句Be careful not to於句首而取代Don't：

(7)Be careful not to forget to dot your "i"and cross your "t".

（要小心別忘了"i"打點，"t"打橫線。）

dot [dɑt] 點，打點。

cross [krɔs] 十字架，越過，橫過。

上句乍聽之下以為是：

(8)Dot your eye and cross your tea.

（在眼睛上打點，在茶上越過。）

# 第 33 景
# Life is an unceasing struggle.
# （人生是一場無止境的奮鬥。）

「人生苦短」(Life is short.)是句老生常談的話。古今中外，人類對生命(life)有著不同的歌頌、感歎與期盼。用時間的觀念來看，在漫漫的時間流裡，即使是百年人生，也只不過是煙火一閃、曇花一現罷了。這麼短暫的人生況且難以掌握，我們實在無暇再去奢談生前何處來，也無暇再去妄談死後何處去，好好把握今生，努力奮鬥(struggle)是比較務實的做法。

我常常用一句話自勉，也藉之勉勵我的學生：

⑴Life is an unceasing struggle. Work hard when young and never be idle.

（人生是一場無止境的奮鬥。努力當及時，休懈怠。）

人生是一場奮鬥(struggle)而非戰鬥(fighting)， 不要期盼把別人打倒，而是要征服(conquer)自己。

這裡還有好多有關人生的名言，列舉一些供諸君參考：

⑵Life begins at forty.

（人生從四十開始。≈人到四十五，正是出山虎。）

⑶Life is a light before the wind.

(生命猶如風前燭。)

(4)Life is a lottery; most folks draw blanks.

(人生猶如摸彩;多數人抽空籤。)

(5)Life is like a shuttle.

(人生如梭。≈人生如白駒之過隙。)

shuttle [`ʃʌtl̩] 梭。一般用space shuttle(太空梭)。

(6)Life is half spent before we know what it is.

(過了半生,才了解人生。≈人生過半百,方覺過去是空白。)

(7)Life is like the moon; now dark, now full.

(人生好比月亮,時暗時盈。≈人有悲歡離合,月有陰晴圓缺。)

(8)Life would be too smooth if it had no rubs in it.

(若無坎坷,人生將平淡無奇。)

# 第 34 景

## metaphor—Life is like a shuttle.

## （隱喻——人生如梭。）

詩有六義：風雅頌賦比興。其中「比」是比喻、比擬，以彼物比此物。中國人最擅長比喻，常見形容女子之美的比喻如沉魚落雁，閉月羞花，出水芙蓉，杏眼，櫻桃小口，蓮藕手臂，柳腰，烏雲般的秀髮，瓜子臉，三寸金蓮，…，從頭到腳，大部分用「植物」做比擬，把美人幾乎比成了「植物」人。

英文也有比喻或暗喻一詞，這個字是：

metaphor [`mɛtəfɚ] 暗喻，隱喻，比喻。例如：

(1)Time flies like an arrow.

（時間飛得像箭一樣。）（請參看第15景）

(2)Life is like a shuttle.

（人生如梭。）

(3)Life is like the moon; now dark, now full.

（人生好比月亮，時暗時盈。）（請參看第33景）

(4)Twinkle, twinkle, little star.

How I wonder what you are.

Up above the world so high.

Like a diamond in the sky.

（一閃一閃小星星，我真不知道你是什麼，像一顆鑽石高高的掛在天上。）

(5)Like the dew on the mountain.

Like the foam on the river.

Like the bubble on the fountain.

You are gone and forever.

（像山上的露珠。像河中的泡沫。像泉裡的水泡。你走了，永遠的去了。）

# 第35景
# cats and dogs
# （貓狗）

聽說以前英國倫敦，傾盆大雨，河水上漲，很多貓狗走避不及，被沖入河中，河裡盡是貓狗，放眼望去，恍若從天而降，於是「下貓下狗」就成了「傾盆大雨」的典故，有點牽強吧，信不信由你，不過這句英文諺語我們非記不可：

⑴It rains cats and dogs.

（傾盆大雨。）

英文還有很多比喻是以貓或狗做題材的，請看：

⑵Barking dogs never bite.

（吠犬不咬人。≈雷大雨點小，虛張聲勢。）

⑶Let sleeping dogs lie.

（讓睡覺的狗躺著。≈別興風作浪，別惹是生非。）（請參看第10景）

⑷A cat has nine lives.

（一貓九命。意指貓的生命力強。）

⑸A cat may look at a king.

（貓也可以注視國王。意指地位雖有高下，人權應當平等。）

(6)Give a dog a bad name and hang him.

(給狗一個惡名然後將牠吊死。)這句諺語引申的含意是「欲加之罪，何患無辭」。

最常用的名句當是「愛屋及烏」，若愛我，也要愛我的狗：

(7)Love me, love my dog.

事實上，狗在所有動物中，是對人類最忠心的動物，但是有些成語或俚語對狗卻是負面的評價，例如「打斷你的狗腿」，「狼心狗肺」…，真是令人匪夷所思。

# 第36景
# five birds
# （五隻鳥）

人類看到鳥(bird)在天空飛翔(soar)，多麼自由。看到籠中鳥，雖然不怕風雨，不缺飲食，但卻不快樂。

人常用鳥比喻心靈的感受或現實的處境，例如「如鳥翔空」、「我好比籠中鳥，有翅難展」。諺語格言也常用到鳥：

⑴The early bird catches the worm.

（早起的鳥兒有蟲吃。）

⑵Birds of a feather flock together.

（物以類聚。人以群分。）

of a feather同一類羽毛。為介系詞片語，形容主詞Birds。

flock [flɑk] 聚集。

⑶Fine feathers make fine birds.

（人要衣裝。佛要金裝。）

字譯：好羽毛製出好鳥。

⑷Kill two birds with one stone.

（一石二鳥。一箭雙鵰。）

⑸A bird in the hand is worth two in the bush.

（二鳥在林不如一鳥在手。）

模仿這句諺語，我們可寫出：

A dollar in the hand is worth two in the bank.

（在銀行的兩元不如手中的一元。）

我們也可以附庸風雅，加上一句「如鳥翔空」：

⑹I am as happy as a bird soaring in the sky.

字譯：我快樂得像一隻在天上飛翔的鳥。

當然，提到「如鳥翔空」就會聯想到「如魚得水」，仿第⑹句：

⑺I am as happy as a fish swimming in the water.

字譯：我快樂得像一條在水中優游的魚。

# 第37景
# Rome, Romans
# （羅馬，羅馬人）

教導的方式有兩種：一種是身教，一種是言教。身教是以身作則，身體力行；言教是只說不做，或說一套做一套。例如：

(1)Do as I say, not as I do.

（照我說的做，別照我做的做。）

這便是標準的言教。老師教學生別抽煙，自己卻吞雲吐霧，學生問道："You told me not to smoke, but you are smoking!"力行「言教」的老師笑答："Do as I say, not as I do!"

模仿上句，我們可寫出一句有名的諺語：

(2)Do in Rome as the Romans do.

字譯：在羅馬照羅馬人做的去做。意指「入境隨俗」，「入國問禁」。

提到羅馬(Rome)，我們就立刻會想到另外兩句有關Rome的諺語：

(3)All roads lead to Rome.

（條條道路通羅馬。）

lead　led　led 領導，通往。

這句諺語另一解釋是「行行出狀元」。

⑷Rome was not built in a day.

（羅馬非一日造成。冰凍三尺，非一日之寒。）

這一句是「過去被動式」，因羅馬乃過去造成，現已成歷史，所以用過去被動。我們在路上看到一個體重兩百公斤的胖子，可以感歎的說："Rome was not built in one day!"因為他不是一天就變胖的。

# 第38景

## All lay load on a willing horse.

## （馬善被人騎。）

談到第37景的All roads lead to Rome.（條條道路通羅馬。）就會聯想到很多有關All開頭的諺語：

(1)All is not gold that glitters.

（所有閃亮的東西並非都是黃金。）

這句話也可寫成：

(2)All that glitters is not gold.

glitter [`glɪtɚ] 閃爍，閃亮。

that glitters乃一子句，形容前面的主詞All（所有的東西）。與這句相對應的是一句有名的諺語：

(3)All is well that ends well.

＝All that ends well is well.

（結局好，全局好。）

字譯：結果好的所有事物都是好的。

另有一句諺語也是All開頭：

(4)All things are difficult before they are easy.

（所有事情在簡單之前必定困難。）

這些諺語使我們想起馬(horse)的諺語來：

(5)All lay load on a willing horse.

（馬善被人騎。人善被人欺。）

字譯：所有的人將負載放置在心甘情願的馬背上。

lay [le]　laid　laid 放置。

load: 負載。the willing horse: 心甘情願的馬。

(6)It is a good horse that never stumbles, and a good wife that never grumbles.

字譯：好馬不跌跤，好妻不嘮叨。實際的意義是：即使是好馬也難免會跌倒，即使是好妻也難免會嘮叨。

(7)You may take a horse to the water, but you can't make him drink.

字譯：你可引馬到水邊，但無法強求牠飲水。意指不能強人所難。

# 第39景

## Where there is life, there is hope.

## （留得青山在，不怕沒柴燒。）

「有…的地方就有…」這句話用英文怎麼表達？有很多諺語都用到這種句型，例如：

(1)Where there is smoke, there is fire.

（有煙的地方，就有火。≈無風不起浪，有火就有煙。）

Where there is..., there is....這裡的where是指所在，地方。用同樣類似的句型，我們可以寫出其他許多諺語：

(2)Where there is a will, there is a way.

（有意志的地方，就有道路。≈有志者事竟成。）

will: 意志。way: 道路。上句引申出來的含意是「天無絕人之路」。

(3)Where there is life, there is hope.

（有生命的地方，就有希望。≈留得青山在，不怕沒柴燒。）

以上三句是最常見的諺語，以下有更多類似的句子，可供各位參考：

(4)Where there are reeds, there is water.

（有蘆葦的地方，就有水。）

(5)Where there is least heart, there is most tongue.

(有最少心的地方，就有最多的舌頭。≈誠意最少，話最多。)

(6)Where there is least talk, there is most work.

(話說得最少，工作做得最多。)

(7)Where there is whispering, there is lying.

(有耳語的地方，就有謊言。≈耳語多處謊言多。)

(8)Where there are women and geese, there is noise.

(有女人和母鵝的地方，就有噪音。)

最後這句話似乎對女性不敬，但自古諺語就是如此寫的，只有請女士們多多包涵了。

# 第 40 景

# Dear dad: No mon. No fun. Your son.

# （親愛的爹：沒錢。沒趣。你的兒子。）

請看下面有趣的短文：A Humorous Father（一位幽默的父親）。

A son studying abroad once wrote a letter to his father in his homeland. The letter was very simple.

There were only a few words in it.

"Dear dad: No mon. No fun. Your son."

After reading the letter, the father replied promptly,

"Dear son: So bad. So sad. Your dad."

這篇笑話是筆者長子在夏威夷唸書時提供的資料。短文的譯文是：

從前一個在國外唸書的兒子給他在家鄉的父親寫了一封信。這封信極其簡單，只有寥寥數字。

「親愛的爹：沒錢。沒趣。你的兒。」

讀完信後，這位父親很快回信：

「親愛的兒：真糟糕。真悲哀。你的爹。」

這篇短文的妙處在於押韻：

No mon [mʌn]. No fun [fʌn]. Your son [sʌn].

都押 [ʌn] 的韻。mon是money [`mʌnɪ] 的非正式寫法。

So bad [bæd]. So sad [sæd]. Your dad [dæd].

都押 [æd] 的韻。當然這位爸爸一毛錢也沒寄給向他要錢的兒子。

# 第41景
# The twinkling stars
# (一閃一閃小星星)

「一閃一閃亮晶晶，好像許多小眼睛。…」這是大家耳熟能詳的兒歌。但是，您知道怎麼用英文唱嗎？一般人可能只會唱第一段，其實，一共有四段，意境一段比一段高雅：

第一段：

Twinkle, twinkle, little star.

How I wonder what you are.

Up above the world so high.

Like a diamond in the sky.

Twinkle, twinkle, little star.

How I wonder what you are.

（一閃一閃小星星。

我真不知道你是什麼。

像鑽石一般，

高高的掛在天上。

一閃一閃小星星。

我真不知道你是什麼。）

twinkle [`twɪŋkl̩] 閃耀。

wonder [`wʌndɚ] 懷疑。

world [wɝld] 世界。

diamond [`daɪəmənd] 鑽石。

第二段:

When the blazing sun is set.

And the grass with dew is wet.

Then you show your little light.

Twinkle, twinkle all the night.

（當熾熱的太陽下山時，

草兒帶著露珠濕潤了。

那時你就顯現出你小小的亮光。

整個晚上都不停地閃爍著。）

blaze [blez] 熾熱。

blazing sun: 熾熱的太陽。

set set set 落下。

dew [dju] 露水。

show [ʃɔ] 顯現，展現，展示。一般所說的「作秀」的「秀」即“show”的同音字。

“Twinkle, twinkle, little star”這美麗的兒歌共有四段，第三段是用假設語氣寫的，第四段又回到平述句的寫法。

第三段：

Then if I were in the dark,

I would thank you for your spark.

I could not see which way to go,

If you did not twinkle so.

（我若真的在黑暗之中，

我就會感謝你的閃閃的光亮。

你若真的不這麼閃爍，

我就看不到要走那條路了。）

前兩句為假設語氣，我們知道與現在事實相反的假設語氣要用過去式。請看類似的句子：

If I were in danger, I would thank you for your help.

（我若真的在危險之中，我就會感謝你的幫助。）

If you did not teach me, I could not know what to do.

（你若是沒有教我，我真不知道該怎麼做。）（事實上你教了我，所以我知道如何做。）

第四段：

And when I am sound asleep.

Oft you through my window peep.

For you never shut your eye.

Till the sun is in the sky.

（而當我在酣睡時，

你常常從我的窗戶窺視。

在太陽高高的掛在天上時，

你才會閉上你的眼睛。）

sound asleep 熟睡，睡得很沉。

oft是often（常常）的縮寫。

第二句是倒裝句，為了押韻（peep與asleep），原句為：

You often peep through my window.

有個字不知各位知道否？那就是"window-peeper"（窗戶窺視者）。在美國有一種人，專愛躲在窗旁向屋裡窺探，這種人稱為"window-peeper"。

# 第 42 景
# footprint
# （足印）

學英文而未讀「足印」(footprint)一文者，是一大遺憾。「足印」一文不但用字簡練，而且寓意深遠，請詳讀熟記。

One night a man had a dream. He dreamed he was walking along the beach with the Lord. Across the sky flashed the scenes from his life. For each scene, he noticed two sets of footprints in the sand; one belonged to him, and the other to the Lord.

有一個人在夜裡夢到他跟主沿著海灘走著。隔著天空映出他一生的景象。在每幅景象中，他都留意到沙灘上有兩雙足印；一雙是他的，另一雙是主的。

dream　dreamed　dreamed 做夢。

或

　　　dreamt　dreamt [drɛmt]（注意發音）

scene [sin] 布景，風景。

belong [bə`lɔŋ] 屬於。

When the last scene of his life flashed before him, he looked back at the footprints in the sand. He noticed that many times along the path of his life there was only one set of footprints. He also noticed that it happened at the very lowest and saddest times in his life.

當他生命中的最後一幅景象閃現在他面前時，他回顧沙上的足印，發覺在他生命之路上，有好多次只有一雙足印。他也覺察到每當此時，正是他最低迷、最悲傷的時刻。

flash [flæʃ] 閃現。

happen [`hæpən] 發生。

This really bothered him and he questioned the Lord about it. "Lord, you said that once I decided to follow you, you'd walk with me all the way. But I have noticed that during the most troublesome times of my life, there is only one set of footprints. I don't understand why when I needed you most you would leave me."

這一幕使他感到困惑，於是向主問道：「主啊，祢曾說過，一旦我決心跟隨祢，祢就會與我同行。但是我發覺到在我最艱困的時候，沙上卻只有一雙足印。我無法了解為什麼當我最需要祢的時候，祢竟然離我而去。」

troublesome [ˋtrʌbl̩səm] 使人苦惱的，麻煩的。

bother [ˋbɑðɚ] 使困惑，打擾。

The Lord replied, "My precious, precious child, I love you and I would never leave you. During your times of trial and suffering, when you see only one set of footprints, it was then that I carried you!"

主答道:「我的寶貝孩子啊,我愛你,我是絕不會離開你的。當你受到折磨煎熬,只看到一雙足印的時候,那是我在背著你走啊!」❹

precious [`prɛʃəs] 珍貴的。

suffer [`sʌfɚ] 受苦。

每次我讀"footprint"這篇文章,總會為其中的意境所感動。尤其是每當我唸到最後一段,看到"My precious, precious child. I love you and I would never leave you. During your times of trial and suffering, when you see only one set of footprints, it was then that I carried you!"(我的寶貝孩子啊!我愛你,我絕不會離開你,每當你受到艱難痛苦,在你只看到一雙足印時,那是我在背著你走啊!)我總不禁有無限的震撼。

感動之餘,我若有所悟乃寫道:

我匆匆地來
也將匆匆地去
在這匆匆的來去之間
在這廣大無垠的天地裡

❹ 每當我讀到最後一句的時候,總不禁熱淚盈眶。神是如此默默地疼愛世人,我們怎忍不感恩?這是一篇震撼讀者心弦的好文章,我個人深受感動(I myself am greatly moved.)。

我何曾留下幾許痕跡
每日日出日落
每月月盈月虧
季季花開花謝
年年春去春回
何嘗因我的來去而稍有變遷
可是在冥冥之中
在漫漫的時間流裡
好似有枝無形的彩筆
在浩瀚蒼穹的畫紙上
描繪著我的一生
這本無形的畫冊
隨著我的到來開展封面
也隨著我的離去闔上畫頁

我曾經試過把這篇短文譯成英文，但讀起來韻味盡失。有那位讀者助我一臂之力乎？電話：(06)2757575 Ext.62346（公）(06)2090452（宅）E-mail: mao.@eembox.ncku.edu.tw

# 第 43 景

## Force is what makes an object accelerate. f = ma.

## （力者物之所由而奮者也。f等於m乘以a。）

稍有物理常識的人都知道牛頓(Newton)。提到牛頓，就會聯想起牛頓的三大運動定律，什麼「在無外力的作用下動者恆動，靜者恆靜」啦；什麼「作用力與反作用力大小相等方向相反」啦；都有一個「力」字在裡面，這個力(force)是什麼？我不是在這裡教各位物理，而是要讓各位知道物理與數學有密不可分的關係，而數學又跟語文有密切的關聯。所以「數」「理」「語」「文」本是一體。

何謂數學(mathematics)？我們可做如此的詮釋：

(1)Mathematics is a kind of language with rigorous grammar and vigorous representation.

（數學是一種文法嚴謹表達生動的語言。）

請看剛才為各位介紹的「力」，中國古人對力做了如下的說明：

「力者物之所由而奮者也。」

能使物(mass)產生加速度(acceleration)的正是力(force)。用數學式表示，不就是牛頓的第二運動定律嗎？

$f = ma$

而上面寫的「力者物之所由而奮者也。」這句話英文怎麼寫呢?應可譯為:

(2)Force is what makes an object accelerate.

若用硬梆梆的工程英文寫 $f = ma$ 之關係，則為:

(3)Force is the product of mass and acceleration.

（力是質量和加速度的乘積。）

accelerate [æk`sɛlə,ret] 加速。

acceleration [æk,sɛlə`reʃən] 加速度。

force [fɔrs] 力。

mass [mæs] 質量。

# 第 44 景

# If a one-foot stick is halved daily...

# （一尺之棰，日取其半…）

在第43景中我們曾提到「數理語文」本是一體，我們可以說「數理語文」是用以增進知識的四大法寶，只要具備這四大法寶，世上任何知識的汲取都易如反掌。

事實上，語文中所用到的字彙(vocabulary)猶如數理中所使用的符號，這些符號所代表的只是一個確定的物理量，正如同語文中的字彙所代表的只是一個涵義一樣。將符號以一定的法則組合在一起，就成了一個數學式；而將字彙以一定的文法（或語法）組合在一起，就成了一個句子或一句話。所以數理、語文都是跟著一個有條不紊的邏輯在走，所不同的是數理中所使用的符號有一定的意義，一旦定好，就不會改變，這就是「正名」的作用；但是語文中所使用的字彙有時並非只有一個意義，在不同的句子裡有不同的解釋，這就使得語文變得詭譎多變，難以掌握。因此我常說中文比英文難得多（數學又比英文容易），就是這個道理。請看寫在茶壺四周的五個字，從任何一個字開始唸都成句：「心也可以清」，「也可以清心」，「可以清心也」，「以清心也可」，「清心也可以」。這句話若譯成英文，用被動式，共五個字：

(1)The heart may be cleaned.

這五個字能像中文那樣唸成五句嗎?絕不可能!若譯成主動,用五個字:

(2)You may clean the heart.

能像中文那樣有五種不同的唸法嗎?也絕不可能!嚴格說來,英文比中文簡單多了,難怪英文會被用做國際語文,若是把中文用做國際語文,就太難了。

在談過「數理語文」本為一體之後,我們來看一個實際的例子,將「數理語文」融在一起。先請看天地間「極限」的道理。大家都知道,物質分到最後是分子,再下去是原子,質子,…,應該是永無止境,真是「其小無內」(相對的,宇宙也大到無邊,故曰「其大無外」)。春秋時代公孫龍將「其小無內」的極限觀念用一個簡單而無須真正去做實驗的方法說明得清清楚楚,他說:

「一尺之棰,日取其半,萬世不竭。」

這個道理已經用「文」表示出來了,而這句話的英文是:

If a one-foot stick is halved daily for even one million years, it will never vanish.

(若將一呎長的棍子每日截其一半,一百萬年後,也不會竭盡。)

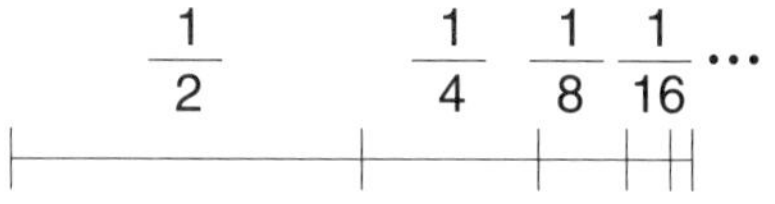

$\frac{1}{2}$　$\frac{1}{4}$　$\frac{1}{8}$　$\frac{1}{16}$ …

上面說明極限的這句話若用數學式表現出來,就非常簡單生動了:

$$\lim_{k\to\infty}\frac{1}{2^k}\to 0，但\neq 0$$

上面lim是limit（極限）一字的前三個字母。$k\to\infty$中像"8"倒在地上的符號「∞」是「無限大」的意思，每天截一半，截了一百萬年，共1,000,000×365=365,000,000天（三億六千五百萬天），豈不相當於無窮長的時間，這時一半的一半的一半…即趨近於0，「→」表示「趨近」。各位請看，一句說明天地間大道理的話可用簡單的語文和生動的數學式子表達出來，「數理語文」豈不是一體嗎?

# 第 45 景
# Relative theory of Einstein
# (愛因斯坦的相對論)

大家一定聽過愛因斯坦(Einstein)的相對論(Relativity theory)吧，聽說全世界除了愛因斯坦本人外，很少有人真正懂相對論。不過，有一天，一個老人來到愛因斯坦面前，他說他懂什麼是相對論。老者說："When I sit on a hot stove, one minute to me is just like an hour."(「當我坐在熱爐灶上的時候，一分鐘就像一小時。」)愛因斯坦聽了頻頻點頭。老者接著又說："But when I sit beside a pretty girl, one hour to me is just like a minute." After hearing this, Einstein said with a smile, "Bravo! Bravo!"(「但當我坐在一位漂亮女孩子旁邊時，一小時就像一分鐘。」聽了這句話之後，愛因斯坦笑著說:「好極了!!」)"Bravo"是德語，意思是"Wonderful"(太棒了，了不起，好極了)。愛因斯坦為德國人，出生於德國一個小村莊Ulm(發音似「烏魯姆」)。Einstein的名字很有趣，Ein是"one"，stein是"stone"，Einstein是英文的"one stone"(一塊石頭)。聽說愛因斯坦小時很笨，頭腦像一塊石頭(one stone)，硬梆梆的不會轉，數學還曾經考不及格哩。

# 第46景
# The humor of God
# （上帝的幽默）

看完上景愛因斯坦的對話， 我們聯想到上帝的幽默(God has the sense of humor)趣文：

A stingy businessman once heard a priest preaching in a church. The priest said, "God is almighty. Everything on earth belongs to Him. One million dollars to Him is just like a cent." Then he continued, "God is eternal. One thousand years to Him is just like a second." After hearing this, the man began to pray fervently, "God! I know You are almighty. I know You are eternal. I am by no means a greedy man. I need only one cent. Would you give me just one cent?" God replied promptly, "I promise to give you one cent. " The man was very pleased. But God added, "Would you please wait just one second?"

(一個吝嗇的商人有一次聽到一位牧師在教堂傳道，牧師說：「上帝是全能的。全世界都是屬於祂的。一百萬對祂而言只是一分錢。」接著他又說：「上帝是永恆的。一千年對祂而言只是一秒鐘。」聽完這句話之後，這個人開始虔誠地祈禱：「上帝啊！我知道祢是全能的，祢是永恆的。我絕不是個貪心的人，我只需一分錢，可否請祢給我一分錢?」上帝立刻回答道:「我答應給你一分錢。」這個人非常高興。但是上帝卻補充了一句:「可否請你只等一秒鐘呢?」)

stingy [`stɪndʒɪ] 吝嗇的。

almighty [`ɔlmaɪtɪ] 全能的。

eternal [ɪ`tɝnl̩] 永恆的。

fervently [`fɝvəntlɪ] 虔誠地。

greedy [`gridɪ] 貪婪的。

promptly [`prɑmptlɪ] 迅速地。

# 第 47 景
# The ideal symbolizes the sunshine.
# (理想如日。)

人類會做夢(dream)，所以才有夢想，夢想若流於幻想，就成了白日夢(day dream)，永無實現的可能。唯有將夢想化為理想(ideal)，才能付諸實現，這時稱為「美夢成真」(The beautiful dream has come true.)。人不能只活在夢裡，要「為理想而奮鬥」(struggle for the ideal)。人類看到鳥會飛，便「夢想」能飛，定下想飛的「理想」，於是為這個理想而奮鬥，終於能飛。

當理想達成之後，當然名(fame)與利(profit)會接踵而至。我們應為理想而奮鬥，而非只為名利而奮鬥。

這裡有一篇短文，描繪「理想」、「名利」和「陽光」、「影子」之間的關係：

The ideal symbolizes the sunshine.

The fame and profit symbolizes my shadow.

If I struggle facing the sunshine,

my shadow will always follow me.

But if I turn around chasing my shadow,

I will never be able to surpass it.

理想如日，

名利若影。

迎著陽光奮鬥，

影子總是隨形。

逆著陽光追逐，

永難超越身影。

# 第48景
# Dragon Boat Festival
# （龍舟節）

我們國人在一年中所過的節日很多，從Chinese New Year（中國新年，非西元的元旦New Year）起，比較重要的還有Dragon Boat Festival（龍舟節，即端午節），Mid-Autumn Festival（中秋節），Double Ninth Festival（重陽節），Double Tenth（雙十節）。除農曆新年外，較熱鬧的當屬Dragon Boat Festival。為了追念投汨羅江自盡的屈原，因而有端午節，又因怕屈原的遺體在水中被魚吃掉，所以大家將米包在竹葉裡投入江中餵魚，魚吃飽了，就不會吃屈原的身體，真是天真浪漫的民族。所以從民俗風情可以看出一個民族的民族性。

而在屈原投江自盡之後，大家拼命划船去救他，於是演變成象徵性的龍舟競賽，Dragon Boat Festival一詞因此而得名。至於粽子的英文就沒有特殊的字可代表了，因為外國沒有端午節，也沒有粽子，姑且稱之為“Bamboo Leaf Wrapped Rice”，就是「竹葉包米」，或“Bamboo Leaf Rice”（竹葉米）吧！讓我們看下面一首划龍舟歌：

Row! Row!

Row the Boat!

Row the Dragon Boat!

Let's row the Dragon Boat!

Let's all row the Dragon Boat!

Let's all together row the Dragon Boat!

In Dragon Boat Festival, let's row the Dragon Boat!

划呀！划！來划船！來划龍舟！讓我們划龍舟！

讓我們都來划龍舟！讓我們一起都來划龍舟！

在端午節，讓我們划龍舟。

# 第 49 景

# Mother, cooking; Father, planting; ...

# （媽媽，烹飪；爸爸，栽種；…）

I see Mother cooking in the kitchen.

Mother is cooking dinner for us children.

She sings while she is cooking.

She hums while she is cooking.

I love the food she cooks.

The food she cooks has “the taste of love” in it.

我看到媽媽在廚房做菜。

媽媽正在為我們孩子們做晚餐。

她一面烹飪，一面歌唱，

她一面烹飪，一面哼歌。

我愛她做的菜。

她做的菜有「愛的味道」在裡面。

I see Father planting in the garden.

Father is planting flowers for us children.

He sings while he is planting,

He hums while he is planting,

I love the flowers he plants.

The flowers he plants have “the smell of love” in them.

我看到爸爸在花園裡栽種。

爸爸正在為我們孩子們種花。

他一面種，一面歌唱。

他一面種，一面哼歌。

我愛他種的花。

他種的花有「愛的氣息」在裡面。

I see sister playing the piano in the living room.

Sister is playing the piano for us brothers.

She sings while she is playing.

She hums while she is playing.

I love the song she plays.

The song she plays has “the sound of love” in it.

我看到姊姊在客廳彈鋼琴。

姊姊正在為我們兄弟彈鋼琴。

她一面彈，一面歌唱。

她一面彈，一面哼歌。

我愛她彈的歌曲。

她彈的歌曲有「愛的聲音」在裡面。

I see brother painting in the study.

Brother is painting pictures for us sisters.

He sings while he is painting.

He hums while he is painting.

I love the picture he paints.

The picture he paints has “the image of love” in it.

我看到哥哥在書房做畫。

哥哥正在為我們姊妹畫圖。

他一面畫畫，一面歌唱。

他一面畫畫，一面哼歌。

我愛他畫的畫。

他畫的畫有「愛的影像」在裡面。

# 第 50 景
# UNIVERSITY may stand for...
# (大學可解釋成…)

R.O.C.是Republic of China(中華民國)的縮寫,這是大家都知道的普通常識。其他的縮寫很多,列舉若干供各位參考:

U.S.A.⇒United States of America(美國)

DIY⇒Do it yourself.(自己動手做。)

ICRT⇒International Community Radio Taipei(臺北國際無線電協會)

YMCA⇒Young Men's Christian Association(基督教青年會)

YWCA⇒Young Women's Christian Association(基督教女青年會)

最近看到一句日文(片假名)ワツマタ(唸起來酷似「襪子媽」),原來這四個字是英文的"What's the matter?"(怎麼回事?),令人看了捧腹。

各位可曾聽過"university"(大學)一字中十個字母展開來代表什麼意義?請看:

"UNIVERSITY" may stand for

"Universally nurturing intellect and virtue with enthusiasm and reason for science, idealism, truth and yourself."

（「大學」可做如下詮釋：以熱情與理性全面陶冶知識與美德，以追求科學、理想、真理與自我。）❺

university [junə`vɝsɪtɪ] 大學。

universal [ˌjunə`vɝsl̩] 全面的。

nurture [`nɝtʃɚ] 培養，陶冶。

intellect [`ɪntl̩ˌɛkt] 知識。

virtue [`vɝtʃu] 品德。

enthusiasm [ɪn`θjuzɪˌæzəm] 熱心，熱誠。

idealism [aɪ`diəlˌɪzəm] 理想。

---

❺ UNIVERSITY的英文詮釋與中文說明為教育部前高教司司長余玉照所作。特編錄於本書中，與讀者分享。

# 第51景

## fish, swim; horse, run; bird, fly.
## sun, shine; water, flow; wind, blow.
## (魚游馬跑鳥飛；日照水流風吹。)

「魚游馬跑鳥飛；日照水流風吹。」

「魚在游，馬在跑，鳥在飛；日在照，水在流，風在吹。」

天上飛的，地上跑的，水中游的，在這幅景象中都有，好美。

我好喜歡編寫兒歌，記得在許多年前，我在西德唸書，刻意「擠」出時間編寫童詩，後來出版了《公公和寶寶》。❻在第一集的序文裡，我曾寫道：「…那時正值初夏，景色宜人。每在假日黃昏，我總喜歡坐在公園湖畔的草地上，俯看水中戲游的野鴨，仰望天上飄浮的白雲，期望在大自然的懷抱裡，尋找一條靈感的泉源，捕捉些適合兒童們朗讀的詞句。…」我比較喜愛的一篇兒歌是：「寶寶不讀書，想要玩嘟嘟。公公說不行，寶寶就大哭。怕他繼續吵，公公讓了步。想想不應該，自己打屁股。」

現在我總是利用課餘之暇，編寫英文短句，適合各階層各年齡層的讀者朗讀，例如第15景的Rainbow（彩虹）、第33景的Life is an unceasing struggle.（人生是一場無止境的奮鬥。）、第47景的

---

❻ 《公公和寶寶》共四集。齊玉編，三民書局出版。

The ideal symbolizes the sunshine.（理想如日。）。現在這篇是我在課餘之暇教孩子們英文時編寫的：

The fish swims.

（魚游。）

The horse runs.

（馬跑。）

The bird flies.

（鳥飛。）

The sun shines.

（日照。）

The water flows.

（水流。）

The wind blows.

（風吹。）

若用進行式，則可唸成：

The fish is swimming.

（魚在游。）

The horse is running.

（馬在跑。）

The bird is flying.

（鳥在飛。）

The sun is shining.

（太陽在照耀。）

The water is flowing.

（水在流。）

The wind is blowing.

（風在吹。）

# 第 52 景
# 6W1H—who
# (6W1H——何人)

6W1H之一：who(誰，何人)。

六個W加一個H可造出無窮的英文疑問句來。六個W是who, when, where, what, which, why，一個H是how。

日常生活中，我們離不開人、時、地、物、事、為何、如何。例如以學英文為例： Who is your English teacher? When do you learn English? Where do you learn English? What do you learn? Which dictionary do you choose?(你選那本字典?) Why do you learn English? How do you learn English?(你如何學英文?)

凡事都逃不出這6W1H。這裡有若干用who開頭有趣的謎語：

(1)Who is the best bookkeepers?

(誰是最好的藏書者?)

The people who never return the books you lend them.

(那些你借他們書而從不歸還的人。)

(2)Who always has a number of movements on foot for making money?

(誰用腳做許多動作來賺錢?)

A dancing teacher.

（舞蹈老師。）

⑶Who is the man who always finds things dull?

（誰經常覺得事情乏味?，另一解為「誰經常覺得東西是鈍的?」）

A knife grinder.

（磨刀的人，磨刀匠。）

dull [dʌl] 鈍的，乏味的，遲鈍的。

grind [graɪnd] 磨。

grinder [`graɪndɚ] 磨東西者。

dull乃一語雙關之字。

All work and no play makes Jack a dull boy.

（只工作不遊玩使傑克變成一個遲鈍的小孩。）

# 第 53 景
# 6W1H—when
# (6W1H——何時)

6W1H之二：when（何時，當）。

可曾聽過母親為小嬰兒把尿或把大便，問「解好了沒?」，這句話該怎麼說? 可不能說："Have you finished pissing?"（尿尿好了沒? 或噓噓好了沒?）而要說："Say when!"很有趣吧！這裡有許多when開頭的謎語，但願能博君一笑。

(1)When is a door not a door?

（何時門不是門?）

When it is a jar (ajar).

（當它是一個壺的時候。）ajar [ə`dʒɑr] 半開的，與a jar音同。

(2)When is an artist very unhappy?

（藝術家何時最不悅?）

When he draws a long face.

（當他畫一張長臉時。）

to draw a long face: 拉下長臉，不高興。當人生氣時，臉拉得長長的，當然呈現一副不高興的樣子。

(3)When is a ship not on water?

（船何時不在水上?）

When it is on fire.

（當它著火（或失火）時。）

字譯：當它在火上的時候。

(4)When a lady faints, what number will restore her?

（當一位女士昏倒時，那一個數字能使她甦醒過來?）

You must bring her 2 (two).

（你必須給她2。）

to bring her to: 使她甦醒過來。與"to bring her 2"音相近。

(5)When a clock strikes thirteen, what time is it?

（當一個鐘敲十三下時，是什麼時刻?）

Time to have the clock fixed.

（該是修理鐘的時刻。）

# 第54景

# 6W1H—where

# （6W1H——何處）

6W1H之三：where（何處，所在）。

在第39景裡，我們看過許多where的諺語。這裡有幾個where開頭的謎題，請各位猜猜：

⑴Where will you find the center of Earth?

（何處可找到地球的中心？）

At the letter r.

（字母r。）因r為Earth一字的中心。

⑵Where can you always find money when you look for it?

（當你尋找錢的時候，在那裡總可以找到？）

In the dictionary.

（在字典裡。）要找錢，翻字典就可找到“money”。

⑶Where are the kings of England usually crowned?

（英王通常在何處加冕？）

On the head.

（在頭上。）

⑷Where is the best place to be fat?

（何處是變肥最好的地方?）

At the butcher shop.

（肉店。）

(5)Where do you have the longest view in the world?

（在世界上何處你有最長的視野?）

By a roadside where there are telephone poles, because there you can see from pole to pole.

（在有電桿的路邊，因為在那裡你能從一根電桿看到另一根電桿。）

因pole [pol] 亦做「極」解，例如south pole（南極），north pole（北極）。"from pole to pole"亦可解釋為「從一極到另一極」。

# 第55景
# 6W1H—what
# （6W1H——何物）

6W1H之四：what（何物，什麼）。

現在看看用what開頭的謎語：

⑴What is worse than finding a worm in an apple?

（什麼事比在蘋果裡發現一條蟲更糟?）

Finding half a worm.

（發現半條蟲。）

因為當你發現半條蟲時，另一半已進了口或下肚了。

⑵What is the coldest place in a theater?

（戲院裡什麼地方最冷?）

Z row (zero)（Z排，Z row音同zero（零度）。）

⑶What is the worst weather for rats and mice?

（對老鼠而言什麼天氣最糟?）

When it rains cats and dogs.

（傾盆大雨。）

字譯為「下貓下狗」。請參看第35景七隻貓狗。

⑷What is it that passes in front of the sun yet casts no shadow?

（什麼東西打從太陽前面經過卻不投下影子?）

The wind.（風。）

（請參看第14, 46景）

(5)What is it that is always coming but never arrives?

（什麼東西總正要到來，但從未來臨過?）

Tomorrow. When it arrives, it is today.

（明天。當它來臨時便是今天了。）

(6)What is it that you cannot see, but is always before you?

（什麼東西總是在你前面而你卻看不到?）

The future.

（將來。）

(7)What is it that we have in December that we don't have in any other month?

（什麼東西我們在十二月裡才有，而在其他月份裡沒有?）

The letter D.

（字母D。）

因其他月份裡沒有"d"這個字母： January, February, March, April, May, June, July, August, September, October 和 November。

(8)I am something that you have seen, but you will never see me again. What am I?

（我是你看過的東西，但你絕不會再見到我。我是什麼?）

Yesterday.

（昨天。）

# 第56景
# 6W1H—which
# （6W1H——何者）

6W1H之五：which（何者，那一個）。

which開頭的謎語別有一種思考的模式，請欣賞：

⑴Which can move faster, heat or cold?

（熱與冷那個跑得比較快?）

Heat, because you can catch cold.

（熱，因為你能捉到冷。）

to catch cold: 感冒，未聞“to catch heat”。

⑵Which is the strongest day of the week?

（一星期中那一天最強壯?）

Sunday, because all the rest are weak days.

（星期天，因為其餘的都是弱日。）

weak [wik] 衰弱的。week [wik] 星期。week days: 一星期中除星期天外其餘六天稱為week days。 weak days與week days音同。

⑶Which of the four seasons is the most literary?

（四季中那一季最富於文學氣息?）

Autumn, because then the leaves are turned and are red (read).

（秋季，因為那時樹葉變色而且變紅。）

leaves: 樹葉，亦做「書頁」解。turn: 翻開，變化。are red: 變紅；are read: 被讀。are red與are read音相同。

(4)Which is better—complete happiness or a slice of bread?

（完美的幸福與一片麵包何者較好?）

A slice of bread. Nothing is better than complete happiness, and a slice of bread is better than nothing.

（一片麵包較好。沒有任何東西(nothing)比完美的幸福好，而一片麵包總比沒有任何東西好（即廖勝於無)）。

這有點像數學題：N比C好，而B比N好，於是B比C好，現在B表示"a slice of bread"，N相當於"nothing"，而C相當於"complete happiness"。

# 第 57 景
# 6W1H—why
# (6W1H——為何)

6W1H之六：why（為何）。

若有人問："Why do carpenters believe there is no such thing as glass?"（為什麼木匠不相信有玻璃這種東西?）你真不知如何作答，但若用英文，則極其簡單："Because they never saw it."（因為他們從未看過玻璃。）saw亦做「鋸」解，木匠從未鋸過玻璃，所以不相信有玻璃這種東西。以下的謎題更有趣：

⑴Why does a man who has just shaved look like a wild animal?

（為什麼一個剛刮過鬍子的男人看來像一頭野獸?）

Because he has a bare face.

（因為他有一張光光的臉。）乍聽之下，以為有一張bear face（熊臉）。bare與bear同音。

⑵Why is a river rich?

（河流為什麼富有?）（請看第68景）

Because it always has two banks.

（因為它總擁有兩家銀行。）bank亦做「河岸」解，河有兩岸。

⑶Why is a doctor the meanest man on earth?

（為什麼醫生是世上最卑鄙的人?）

Because he treats you and then makes you pay for it.

（因為他請你客然後卻要你付賬。）treat亦做「醫治」解。

(4)Why did John's mother knit him three stockings when he was in the army?

（為什麼約翰在軍中時，他的母親為他編織了三隻襪子?）

Because John wrote her he had gotten so tall that he had grown another foot.

（因為約翰寫信給她，他變得好高，長出了另一隻腳。）foot:呎，腳。事實上，他又長高了一「呎」。

(5)Why is a dog biting its tail like a good manager?

（為什麼狗在咬尾巴時像一個好經理?）

Because he is making both ends meet.

（因為牠使兩端相遇。）"to make both ends meet"為一重要成語:「使收支平衡」。

# 第58景
# 6W1H—how
# （6W1H——如何）

6W1H之七：how（如何）。

「如何才能最了解錢的價值?」(How can you best learn the value of money?)答道：「試試向人借些錢。」(By trying to borrow some.)以下有幾個用how開頭的謎題：

⑴How does the fireplace feel when you fill it with coal?

（當你把壁爐添滿木炭時，它的感覺如何?）

Grateful (grate full).

（感謝的，感激的（爐格滿了）。）grate：爐格。grateful與grate full發音相近。

⑵How do we know that a dentist is unhappy in his work?

（我們如何知道牙醫在工作時不愉快?）

Because he looks down in the mouth.

（因為他看起來很沮喪。）

字譯：因為他往口裡看。"down in the mouth"為一片語，做「沮喪的，憂愁的」解。

⑶How can you always have what you please?

(如何總能得到你所喜歡的東西?)

By always being pleased with what you have.

(總是喜歡你所得到的東西。)

(4)How is it possible to get up late in the day and yet rise when the rays of the sun first come through the window?

(如何才能在白天睡到很晚才起床，而在起床時，陽光才照進窗戶?)

By sleeping in a bedroom facing the west.

(睡在一間面西的臥室。)因為一覺睡到夕陽西下，醒來一看，還將夕陽當朝陽呢!

(5)How long is a rope?

(一條繩子有多長?)

Just twice as long as half its length.

(剛好是它一半的兩倍長。)

# 第59景
# OICU, URABUTLN, ...
# （啊！我看到你，妳是美人愛倫，…）

您可懂得“OICU”，“URABUTLN”等等幾個英文字母排在一起所代表的意義嗎？請看這些英文字母發音的意義：

(1)What are the four letters that would scare off a burglar?

（那四個字母可嚇走夜賊?)

OICU! (Oh! I see you!)

（哦！我看到你啦！）

OICU的發音與Oh! I see you!完全一樣。

(2)How can you tell a girl named Ellen that she is delightful, in eight letters?

（你如何用八個字母告訴一個叫愛倫的女孩子她很悅人?)

URABUTLN (You are a beauty, Ellen.)照字母唸下去，就是「妳是個美人，愛倫。」

(3)Can you make sense out of the following:

（你能使以下列出的字母看起來有意義嗎?)

yy ur yy ub

I c u r yy 4 me

Too wise you are, too wise you be,

I see you are too wise for me.

（你太聰明，你夠聰明。

我知道對我來說你是夠聰明的。）兩個yy寫在一起，讀成“two y’s”與“too wise”同音。4 (four)與for音相近。

⑷Can you make the following sense:

（你能使下列的字有意義嗎?）

stand take to world

I you throw the

I understand you undertake to overthrow the underworld.

（我了解你承擔起推翻下層社會的責任。）

I 放在stand之下，故為 I understand；to在throw之上，故為 to overthrow；其餘類推。

⑸What does XPDNC mean?

Expediency.

（權宜辦法。）

# 第60景

## trap↔part, nap↔pan, ...

## （陷阱↔部分，小睡↔平底鍋，…）

你可曾聽過一個有趣的謎題:「左邊看是人，右邊看是衫；人是中國人，衫是阿拉伯衫。」用國語或臺語唸都可以。謎底是什麼?請容我先賣個關子。猜謎有時要用諧音，這謎題中的「衫」字是關鍵字(key word),「衫」與「三」音相近，但阿拉伯的「衫」(三)是“3”，所以謎底就是「及」，因「人＋3→及」，很酷吧!

左看是一個字，右看是另一個字，在英文字裡屢見不鮮（請比較第2景中的迴文句），請看:

⑴Can you turn around a portion and get a snare?

（你能把「部分」倒轉過來變為「陷阱」嗎?)

part↔trap（部分→陷阱）

⑵Can you turn around a short sleep and get a kitchen utensil?

（你能把小睡倒轉過來變為廚房的烹具嗎?)

nap↔pan（小睡→平底鍋）

⑶Can you turn around a part of a ship and get a vegetable?

（你能把船的一部分倒轉過來變成蔬菜嗎?)

keel↔leek（龍骨→韭菜）

(4)Can you turn around a part of a fence and get a prevaricator?

（你能把籬笆的一部分倒轉過來變成推諉的人嗎?）

rail↔liar（欄杆→說謊的人）

應用同樣的句型，我們還有許多其他的字:

(5)a well-known kind of cheese↔a word meaning "fabricated"

（有名的乾酪）（一個表示「製造」的字）

Edam↔made

（伊甸乾酪）（製造）

(6)a small one-masted sailboat (sloop)↔little lakes (pools)

（一種單桅杆小帆船） （小湖）

(7)fate (doom)（命運）↔a state of mind（一種心智狀態）(mood)

(8)clever (smart)（聰明的）↔English trolley cars（英國式電車）(trams)

(9)wicked (evil)（邪惡）↔wide-awake (live)（活潑的）

(10)a mouthful（一滿口）(gulp)（狼吞虎嚥）↔a stopper（一種填塞物）(plug)（塞子）

(11)a strong, sharp taste（強烈辛辣的口味）(tang)↔an insect（一種昆蟲）(gnat)

# 第 61 景
# Leap year
# （閏年）

leap [liːp] 跳，躍。

jump [dʒʌmp] 跳，躍。

leap和jump都是跳，到底有什麼不同呢？我們用閏年為例來說明：閏年裡的二月有二十九天，非閏年裡的二月只有二十八天，每四年就有一個閏年，所以每隔四年就循環一次。

leap有向前跳的意思，而jump有原地上下跳的意思，所以用leap year（閏年），而不用jump year！

有一首“leap year”的短詩：

Thirty days have September, April, June and November.

All the rest have thirty-one.

Except February alone

Which has eight days and a score.

Till leap year gives it one day more.

（九月，四月，六月和十一月有卅天，其餘都有卅一天，除了二月之外，它有八天加廿，直到閏年再多給它一天。）

為了押韻，第一句為倒裝句，本應為September, April, June and

November have thirty days.

score [skor] 計分，二十。

為了押韻起見， 用eight days and a score而不用twenty-eight days，score與最後一句的more押韻。

# 第 62 景

# he→her→here→there

# （一→十→土→王→…）

樓中樓可稱之為「子樓」，英文的句中句稱之為「子句」，那麼字中字豈不可稱之為「子字」? 中文的字中字太多了，請看一個「動」字:

動 $\xrightarrow{\text{去力}}$ 重 $\xrightarrow{\text{去上下}}$ 車 $\xrightarrow{\text{去上下}}$ 申 $\xrightarrow{\text{去下直}}$ 由 > 田 > 王（曰） > 王 > 干 > 土 > 十 > 一。

國字象形，其形如畫，所以有時加一畫或少一畫都還是成字。

英文是拼音文字，要找出字中字並不太容易，但若有心去找，仍然是可找出一些的:

What word of six letters contains six words besides itself, without transposing any of its letters?

（由六個字母組成的單字，除本身外還包括六個單字，且字母不作調換，是什麼字?）

herein（在這當中）→he, her, here, ere（前於，先於）, rein（統治）, in.

另有一字與此相類似:

heroine（女英雄）→he, her, hero（英雄）

sword（劍）→word（字）

smiles（微笑）→mile（英里）

there→the, he, her, here

fox→ox（公牛）

foolishness→fool, foolish

有很多英文字是加字首字尾形成的，所以變化不大，例如：

disappearance→disappear→appear→appearance

（消失）（名詞）　（消失）（動詞）（出現）（動詞）（出現）（名詞）

請欣賞一個最長的英文字（共二十八個字母!）：

anti dis establishment arianism→establish→establishment→disestablishment→disestablishmentarian→disestablishmentarianism（請看第90景）

這等於在玩文字遊戲，非有相當英文根基者不可與也。

# 第63景

# Head I win. Tail you lose.

# （正面我贏。反面你輸。）

一枚硬幣(coin)有兩面，有人頭像的一面為「正面」，英文稱為“head”，那麼「反面」稱什麼呢？叫“tail”。有一個很好玩可拿來哄騙小孩的遊戲規則，就是“Head I win. Tail you lose.”（正面我贏。反面你輸。）可用來測驗一個小孩的智慧。

英文有很多字是以head為首的：

(1)What is a head that glows?

（什麼頭會發光?）

headlight（前燈）

(2)What is a head that is bound to have its own way?

（什麼頭必須有它自己的方法?）

headstrong（頑強）

(3)What is a head that pains?

（什麼頭會痛?）

headache（頭痛）

(4)What is a head that makes progress?

（什麼頭會進步?）

headway（前進）

(5)What is a head that you see in newspapers?

（什麼頭你在報上看得到?）

headlines（標題，頭條新聞）

(6)What is a head that is the center of operations?

（什麼頭是運作中心?）

headquarters（總部）

(7)What is a head that flows rapidly?

（什麼頭能快速流動?）

headwaters（水源）

# 第64景

# Why is P like a false friend?

# （為何P像僞友?）

「為何一個虛僞的朋友(false friend)像字母P?」

(1)Why is a false friend like the letter P?

如果有人出這樣的題目問您，該如何回應？請看以下妙答：

(2)Because he is the first in pity, but the last in help.

（因為論「憐憫」，他第一（p為pity的第一個字母），但論「幫助」，他最後（p為help的最後一個字母）。）

以下有幾個關於字母的謎題：

(3)Why is the letter A helpful for a deaf woman?

（為何字母A有助於聾女人?）

Because A makes her hear.

（A使她聽得到。a＋her→hear）

(4)Why is the letter F like death?

（為何字母F像死亡?）

Because it makes all fall.

（因為它使一切倒下來。f＋all→fall）

(5)Why is a sewing machine like the letter S?

（為何縫紉機像字母S?）

Because it makes needles needless.

（因它使針變得無用。s＋needles→needless）

needle [`nidḷ] 針。need [nid] 需要。needless [`nidləs] 無用的。

(6)What is the most important thing in the world?

（世上最重要的東西是什麼?）

The letter E, because it is the first in everything and everybody.

（因為它是每件事和每個人的第一位。）

everything和everybody的第一個字母都是e。

(7)What letter is an insect?

（什麼字母是昆蟲?）

B. B的發音與bee（蜜蜂bee）同。

# 第 65 景
## ...went for ride on a tiger.
## (…騎老虎出去。)

美國有史以來最年輕的總統甘迺迪(John F. Kennedy)(請看第97景)在他就職演說(inaugural address)中有幾句流傳千古的名言,其中一句是:

(1)Ask not what your country can do for you.

(2)Ask what you can do for your country.

(不要問你的國家能為你做什麼,要問你能為你的國家做什麼。) ask亦可做「要求」解。

另一句是:

(3)If a free society cannot help the many who are poor, it cannot save the few who are rich.

(假若一個自由社會不能幫助占多數的窮人,就無法拯救那些占少數的富人。)

還有一句引經據典的名言是:

(4)Those who foolishly sought power by riding the back of the tiger ended up inside.

(那些傻傻地騎在虎背上追尋權力的人最後進了老虎肚。)

sought [sɔt] 是seek（尋找）的過去式及過去分詞。

power [paʊɚ] 功率，權力。

這句話出自以下短文：

(5)There was a young lady of Riga,

Who went for ride on a tiger;

They returned from the ride

With the lady inside,

And a smile on the face of the tiger.

（有一位叫Riga的少婦，她騎著老虎出去；等騎回來的時候，婦人在裡面，而老虎臉上掛著微笑。）

各位可以想像發生了什麼事。

# 第 66 景
# Abstract nations
# （抽象的國家）

您可知道英文字中有許多字跟nation（國家）有密不可分的關係，請看：

(1)What nation is a fanciful nation?

（什麼國是空想的國?）

imagination（想像，幻覺，空想）

(2)What nation is dreaded by students?

（什麼國最為學生懼怕?）

examination（考試）

(3)What nation is one of the most resolute nations?

（什麼國是最有決心的國之一?）

determination（決心）

(4)What nation is one that has to come to an end?

（什麼國已告結束?）

termination（終止）

(5)What nation is one that travelers often want?

（什麼國是旅行者經常所需要?）

destination（目的地）

(6)What nation is a teacher’s nation?

（什麼國是老師的國?）

explanation（解釋，說明）

(7)What nation is a very bright nation?

（什麼國是非常亮麗的國?）

illumination（照明）

(8)What is an unfair nation?

（什麼是非常不公平的國家?）

discrimination（歧視）

# 第 67 景

# To give credit where credit is due.

# （該給的就得給。）

credit card（信用卡）大家都知道。card（卡片）是照英文字的發音 [kɑrd] 直接譯過來的，[kɑ] 同中文的「卡」。

credit [`krɛdɪt] 一字不只是當「信用」解，還有其他的含意。我建議各位學英文要看到一個字就可聯想到其他的字，像一顆顆珠子連接成串一樣，提起一顆珠子就可同時提起其他的珠子。請看credit的若干例子：

(1)Although I won the race, I was given no credit for it.

（雖然我贏得了比賽，我並沒有得到榮譽。）

(2)He is a credit to his class.

（他是他班級之光。）他是班上的光榮。

(3)You can buy the car on credit: buy now, pay later.

（你可以記帳買車：先買，後付。）

(4)Our company allows you 3 months' credit.

（我們公司允許你三個月賒賬。）

(5)Her credit is good. You can trust her.

（她的信用好。你可信任她。）

(6)English is a 3-credit course in the university.

（在大學裡，英文是三學分的課程。）

看完上面的例句，大概可以掌握credit一字的用法，但是有一句片語用法極為特殊，我們一起來探討：

(7)To give credit where credit is due.

（該給的就得給）

這類的英文是比較難懂的，可是請別急(no hurry)，且讓我們一點一滴的分解。

credit還可做「點數」解，比如每個人生來點數應該都是一樣的，就算是100點吧，Everybody has 100 credits.（每人有100點。），有些人的地位是90點，但自由卻只有10點，達官顯貴多屬此類；有些人，譬如農夫，政治地位的點數幾乎是0，但他享受的自由卻是100點。加起來大家的點數都一樣。在人生的旅途中，如何分配自己的點數，是一種藝術。

due [dju] 這個字的用法最好用例句說明：

(8)A lot of money is due to you.

（欠你很多錢。）

(9)I got a bill due tomorrow.

（我收到一張明天到期的帳單。）

(10)to give someone his due

給某人應得之物（此物是非物質的東西）

I don't like her, but, to give her her due, she is a good teacher.

（我不喜歡她，不過，說句公道話，她是個好老師。）

(11)The homework is due next Monday.

（作業下週一要交。）

due在這裡是「到期」的意思，或“deadline”（限期）。

了解“due”的用法後，“to give credit where credit is due”這句片語的含意自然就明白了。where的用法請參看第39景。

看完credit與due二字的用法之後，我們再看一個謎題：

(12)What is better than “to give credit where credit is due”?

（什麼比「該給信用就給信用」更好?）（credit亦作「信貸」解）

Give cash.（給現金。）

我們再舉兩個例子說明“to give credit where credit is due”的實際用法：

例一：A完成上司交代的任務後，得到上司的讚揚，但該任務的完成B也有汗馬功勞，所以當上司誇獎A時，A可如此回答：

(13)To give credit where credit is due, you should also praise B.

（你也該讚揚B。）

例二：Mary穿了一件漂亮的新衣，這件新衣是她母親自己設計縫製的，當有人讚美Mary的衣著時，她除了說：“Thank you!”之外，還可補充一句：

(14)To give credit where credit is due, you should praise my mother.

（我的媽媽才該受到讚美。）

# 第 68 景

# The riddle of river

# （河之謎）

河流(river)（請看第56景）會使人想起很多故事，孔子就曾站在河邊，看著潺潺流水，不禁歎道：「逝者如斯夫，不舍晝夜。」(It passes unceasingly day and night.)

談到河，這裡有一道有名的河的謎題：（謎底就是「河」(river)）

I often murmur, but never weep;

Lie in bed, but never sleep.

My mouth is larger than my head,

In spite of the fact I'm never fed.

I have no feet, yet swiftly run;

The more falls I get, move faster on.

我常低聲哀怨（流水潺潺），但從不哭泣；

躺在床上（在河床上），但從不睡眠。

儘管我從不被餵食，

我的嘴（河口）卻比頭（河流發源地）大。

我沒腳，卻跑（流）得快，

跌倒（降雨）越多，移動（流動）得越快。

請留意共六句，兩句一押。weep與sleep押韻；head與fed押韻；run與on押韻。

# 第 69 景
# I want to be...
# (我想要…)

無論是天上飛的、水裡游的、或地上跑的，都喜歡自由(free)，不是有一句有名的諺語說：「不自由，毋寧死」嗎？"Without freedom I would rather die."或"Were there no freedom, I would rather die."

請看以下一篇短文：

(1) A canary is chirping in the cage.
A swallow is flying in the sky.

(2) A goldfish is idling in the jar.
A trout is swimming in the brook.

(3) A lion is lying in the zoo.
A leopard is hunting in the jungle.

(4) I don't want to be the canary chirping in the cage.
I don't want to be the goldfish idling in the jar.
I don't want to be the lion lying in the zoo.

(5) I want to be the swallow flying in the sky.
I want to be the trout swimming in the brook.
I want to be the leopard hunting in the jungle.

(6)The most important of all, I want to be free.

金絲雀在籠中啾啾地鳴叫。
燕子在天上飛翔。

金魚懶散在魚缸裡。
鱒魚在溪中漫游。

獅子躺在動物園。
花豹在森林裡獵食。

我不想做在籠中啾啾叫的金絲雀。
我不想做懶散在魚缸裡的金魚。
我不想做躺在動物園的獅子。

我想做在天上飛翔的燕子。
我想做在溪中漫游的鱒魚。
我想做在森林裡獵食的花豹。

最重要的是我想要自由。

# 第70景
# Go! Go!
# (加油!!)

當你聽到球迷們在吶喊:"Go! Go! Go!"的時候,你的直覺反應會是「加油! 加油! 加油!」,而不是「去! 去! 去!」,是嗎? 正是如此,這裡的"Go!"是在為球員們加油打氣。

在運動場上,賽跑的起跑信號是鳴槍「砰!」的一聲,這「砰!」的一聲就表示"Go!"(跑!)我們所聽到的:「各就各位,預備,起!」英文是:"Ready, steady, go!"或"One, two, three, go!"。

提到"go"這個字,我們立即想起幾句有go在其中的名句:

(1)Go all the way, or don't go at all.

(走完全程,否則根本不要走。)不想走完不起程。❼

(2)When the going gets tough, the tough gets going.

(當環境變得艱困時,堅強的人就開始行動。)較簡潔的說法是「環境越艱困,硬漢越吃香。」❽

(3)Quickly come, quickly go.

---

❼ 請參看《莫札特與凱子外交》,p.121,黃崑巖著,遠哲科學教育基金會出版。

❽ 請參看《英文諺語格言一〇〇句》,p.127,齊玉編,三民書局出版。

（來得快，去得快。）得的容易，失的也容易。

(4)If you want a thing done, go; if not, send.

（若想將一件事做好，就得放手去做；若不想做好，任它去吧。）意思是：「若想成事，全力以赴；否則，隨它去吧。」

下面這句是個謎題，請猜是什麼：

(5)I chatter, chatter, as I flow

To join the brimming river,

For men may come and men may go,

But I go on forever.

謎底：“brook”（溪流）

chatter: 喋喋不休。

brimming river: 水量豐滿的河流。

# 第 71 景

# Song: When I worry.

# (當我憂愁時。)

在這個世界上，恐怕除了神仙之外，人人都會有煩惱(worry)。但有了煩惱之後，如何排解煩惱？這裡有一首歌，教人如何不要煩惱。每個人總會有值得高興或值得慶賀的事(blessings)，在煩惱來襲難以入眠時，就該算算(count)自己的“blessings”，而不要去算羊(sheep)❾，這樣數著數著就睡著了，自然就排除了煩惱。歌詞如下：

| | |
|---|---|
| When I worry | 當我煩惱 |
| and I can't sleep. | 而無法入眠時， |
| I count my blessings | 我數高興的事 |
| instead of sheep. | 而不數羊。 |
| And I fall asleep | 數著數著 |

---

❾ 卡通影片「頑皮豹」有這樣一段故事：頑皮豹睡不著，於是開始數羊，one, two, three, ..., one hundred, two hundred, ..., nine hundred and ninety, ..., nine hundred and ninety-nine， 當他覺得已經數到999隻快睡著了，就在他算到one thousand (1,000)時，突然羊圈裡的羊一起大叫起來，把他吵醒了。

counting my blessings.　我就睡著了。

count [kaʊnt] 數，算。

instead of: 而不，取代。

fall asleep: 睡著。

這是一首簡短而寓意深長的歌，它告訴我們凡事要往美好的一面去想，不要一直鑽牛角尖，往陰暗的地方去走。要樂觀！(Be optimistic!)不要悲觀！(Don't be pessimistic!)（請參看第20景）天無絕人之路，何須憂慮？憂愁無濟於事。

# 第 72 景

# Song: When your hair has turned to silver.

# （當你的頭髮銀白時。）

歌不分新舊，只要悅耳，心弦能為之共振的都是好歌，這正如同昔日的蟲鳴鳥叫與今日的同樣好聽是相類似的道理。歌固然韻律(melody)要美，歌詞(verse)尤其要美。唱歌如同說話，有的女性外貌雖不甚美，但說話聲音美，遣詞用字美，斯女美矣！我愛昔日老歌，其韻律優美，歌詞亦美，這裡有一首很美的英文情歌，是一般人很難得聽到的：

⑴When your hair has turned to silver.

⑵I will love you just the same.

⑶I will only call you sweetheart.

⑷That'll always be your name.

⑸Through the garden filled with roses.

⑹Down the sunset trail we'll stray.

⑺When your hair has turned to silver.

⑻I will love you just the same.

當妳的頭髮銀白時，

我仍愛妳依舊。

我只叫妳甜心，

那是妳終生的名字。

穿過充滿玫瑰的花園，

我們漫步在夕陽西下的小徑。

當妳的頭髮銀白時，

我仍愛妳依舊。

trail [trel] 小徑。

stray [stre] 漫步。

第(5), (6)兩句為倒裝句，本為“We’ll stray through the garden filled with roses, (and we’ll stray) down the sunset trail.”。

filled with roses是形容garden的過去分詞片語。

# 第 73 景
# Song: I saw raindrops...
# （我看到雨滴…）

黃昏時分，一位少女獨坐窗前，看著窗外斜斜的細雨，點點滴滴打在窗戶的玻璃(pane)上，雨滴溜下去了，另外一滴又打了上來。少女若有所悟，寫了一段歌詞。她將雨滴比做歡笑(laughter)，而將窗戶玻璃(pane)比成痛苦(pain)，因pane與pain發音相同，歡笑洗滌痛苦正如同雨滴打在pane上，溜走了又來了一樣。

第一段：

I saw raindrops on my window.

Joy is like the rain.

Laughter runs across my pane (pain).

Slips away and comes again,

Joy is like the rain.

我看到雨滴在我的窗上，

歡樂像雨水。

歡笑流過我的窗戶玻璃（痛苦），

溜走了又來了，

歡樂像雨水。

寫完這一段，她又看到雨水打在河面上，河水上漲，滿溢出來。她將心比做河流，歡樂像雨水。心靈滿溢著歡樂，正如同河流滿溢著雨水一樣。

第二段：

I saw raindrop on the river.

Joy is like the rain.

Bit by bit the river grows.

Till at once it overflows.

Joy is like the rain.

我看到雨滴在河面上，

歡樂像雨水。

一點一點地河水上漲，

霎時河水滿溢出來。

歡樂像雨水。

接著她若有所感，將歡樂(joy)比成山上的雲彩(cloud)，雖然雲有時是白雲(silver)，有時是烏雲(grey)，但陽光總是在不遠處。於是寫出下面的歌詞：

第三段：

I saw clouds upon the mountain.

Joy is like the clouds.

Sometimes silver sometimes grey.

Always sun not far away.

Joy is like the clouds.

我看到山上的雲彩。

歡樂像雲彩。

雲有時銀白，有時灰暗，

太陽總在不遠處。

歡樂像雲彩。

由於這位少女是虔誠的基督徒(pious Christian)，寫到這裡，她突然想到基督(Christ)。雖然在風雨之中，基督卻安祥地酣睡在她的船裡，船如同她的心，在狂風暴雨的吹襲下，船仍然漂浮著。於是她寫下第四段。

第四段：

I saw Christ in wind and thunder.

Joy is tried by storm.

Christ asleep within my boat.

Whipped by wind yet still afloat.

Joy is tried by storm.

我看到基督在雷雨中，

歡樂受到暴風雨的試煉。

基督酣睡在我的船裡，

雖然狂風吹襲，船卻仍然漂浮著。

歡樂受到暴風雨的試煉。 ❿

---

❿ 這首歌是我昔日任教於臺南市聖功女中時，一位修女教唱的。雖然那位修女的芳名已不復記憶，但那時她抱著吉他邊彈邊唱的情景，依稀猶在眼前，對她我仍然有至深的懷念與感激。

# 第 74 景
# Song: You are my sunshine.
# （你是我的陽光。）

「雨過天青」而非「雨過天晴」，雖然一般人常用後者，但正確的用法應是前者，也就是「雨過天青」，英文的寫法是：

After rain comes sunshine.

其實這句話是倒裝句，真正的寫法是“Sunshine comes after rain.”（陽光來在雨之後。）。

話說宋朝有個皇帝，酷愛瓷器。一日，囑藝匠燒一瓷瓶，藝匠問燒成何種顏色，皇帝指著雨後的藍天道：「雨過天青燒將來。」於是有「雨過天青」的成語。sunshine代表樂觀喜悅。有一首歌：You are my sunshine, 請一起欣賞：

You are my sunshine.

My only sunshine.

You make me happy when skies are grey.

You never know dear how much I love you.

Please don't take my sunshine away.

The other night dear,

As I lay sleeping.

I dreamt I held you in my arms.

As I awoke dear,

I was mistaken.

So I hung my head and cried.

你是我的陽光，我唯一的陽光。

當天色灰暗時，你使我快樂。

你絕不會知道我多麼愛你。

請不要奪走我的陽光。

前幾天晚上，親愛的，

當我躺著睡覺時，我夢到抱著你，

當我醒來，親愛的，我弄錯了。

於是我垂頭哭泣。

# 第 75 景
# Song: River Road
# (河路)

提起河流(river)， 就不禁使人憶起一首叫“River Road”的老歌，這首歌後來被翻成中文歌，歌名是「念故鄉」。“River Road”的歌詞描繪遊子思鄉之情，他渴望看到昔日的老友，渴望坐在夕陽西下的門旁。請一起來欣賞：

River Road

River Road. River Road.

Winding to the sea.

That’s the road leading home

where I long to be.

Long to see folk I knew

friends of long ago.

Long to sit by my door

in the sunset glow.

River Road. River Road.

Winding to the sea.

Load the way take me home

where I long to be.

where I long to be.

...

河路，河路，蜿蜒通向海。

那條就是通向我渴望已久家的道路。

渴望看到昔日的老友，

渴望坐在夕陽西下我家的門旁。

河路，河路，蜿蜒通向海。

備好行裝帶我回家，

我渴望的家。

我渴望的家。

...

# 第76景
# Song: Memory
# （回憶）

美麗的回憶(beautiful memory)像緩緩的流水，它灌溉兩岸的良田，潤澤岸邊的林木；痛苦的回憶(sad memory)像奔馳的急湍，它沖刷兩岸的堤壩，摧殘岸邊的垂柳。人生苦短，歡樂的時光已嫌不多，那有剩餘的時間去回憶痛苦的往事。可是人終究是人，痛苦也罷，甜美也罷，人總是會回憶的，有的回憶會令人柔腸寸斷，有的回憶會令人感慨萬千。這裡有一首歌，歌名就是"Memory"，旋律(melody)極美。我本人愛之真可謂「不忍釋耳」。該曲共分四段，

第一段：

Midnight, not a sound from the pavement.

Has the moon lost her memory.

She is smiling alone in the lamplight.

The withered leaves collect at my feet and the wind begins to moan.

午夜，萬籟俱寂，人行道上一片沉靜。

月亮已失去了她的記憶。

在路燈下她獨自微笑著。(此處的她指月亮。)

凋謝的樹葉散在我的腳旁，風開始在輕唱。

第二句是“The moon has lost her memory.”的倒裝句。

pavement [`pevmənt] 人行道。

lamplight [`læmp͵laɪt] 路燈。

wither [`wɪðɚ] 凋謝。

moan [mon] 呻吟。

第二段:

Memory, all alone in the moonlight.

I can dream of the old days.

I was beautiful then.

I remember the time I knew what happiness was.

Let the memory live again.

回憶，一切都洒在月光下。

我能夢想到過去的日子。

那時我很美。

我記得當時幸福的時光，

讓記憶重新再現。

第三段:

Every street lamp seems to beat a fatalistic warning.

Someone mutters and a street lamp sputters and soon it will be morning.

Daylight, I must wait for the sunrise.

I must think of a new life and I mustn't give in.

When the dawn comes, tonight will be a memory, too.

And a new day will begin.

每盞路燈好像發出嚴厲的警示。

有的人喃喃自語，有盞路燈忽閃忽滅，很快早晨就要來臨。

陽光，我必須等待著朝日的升起。

我必須想到新的生命，我不能退讓。

當黎明來臨時，今夜也就成了回憶。

嶄新的一天又開始了。

fatal [`fetl̩] 致命的，悲慘的。

mutter [`mʌtɚ] 嘀咕，咕噥。

sputter [`spʌtɚ] 劈劈拍拍的爆裂。

give in: 退讓。

dawn [dɔn] 黎明。

第四段:

Burn out ends of the smoky days and the stale cold smell of morning.

A street lamp dies, another night is over,

another day is dawning.

Touch me. It's so easy to leave me, all alone with the memory of my days in the sun.

If you touch me, you'll understand what happiness is.

Look! A new day has begun.

熬過陰暗的日子，度過清晨的嚴寒。

街燈熄滅了。另一個夜晚已經過去。又是一天的開始。

接近我吧，離我而去是這麼的容易，都隨著往日歡樂的回憶而去。

假若你接近我，你就會了解幸福是什麼。

請看看！嶄新的一天已經開始了。

stale [stel] 陳腐的，不新鮮的，歷久而乏味的。

I have heard the same stale joke for more than ten times.

（我聽過這同樣一個老掉牙的笑話已有十次之多。）

He feeds the bird with bits of stale bread.

（他用幾片不新鮮的麵包餵小鳥。）

# 第 77 景
# Song: The River of No Return
# （大江東去）

曾經迷倒美國最年輕的總統甘迺迪的世間尤物瑪麗蓮夢露 (Marilyn Monroe)，大家對她一定記憶猶新。她在「大江東去」的影片裡唱的“The River of No Return”（就是譯成「大江東去」)，曲調優美，情景哀怨，令人聽了迴腸盪氣，感歎萬千。歌詞如下：

There is a river called the river of no return.

Sometimes it’s peaceful and sometimes wild and free.

Love is a traveller on the river of no return,

swept on forever to be lost in the stormy sea.

“Wailerie,” I can hear the river call where the roaring water falls.

“Wailerie,” I can hear my lover call, “Come to me!”

I lost my love on the river, and forever my heart will yearn.

Gone, gone forever down the river of no return.

“Wailerie, wailerie, ...”

He’ll never return to me.

有一條河名叫不歸河。

有時平靜，有時波濤洶湧。

愛情是不歸河上的旅者，

永遠隨著河水東流，消失在驚濤駭浪的海上。

我聽到滾滾東流的河水，

那奔騰的河水聲就像是愛人在呼喚我：

「回到我身邊吧！」

在這條河上，我失去了我的愛侶，我心將永遠期盼著。

走了，永遠地走了，順著這條不歸河走了。

啊！他將永不回頭。

call called called 叫做，稱做。

There is a river. The river is called the river of no return.

⇒There is a river (which is) called the river of no return.

peace [pis] 和平。

peaceful: 和平的，寧靜的。

wild: 狂野的。

free: 自由的，奔放的。

sweep swept swept 掃走。

stormy sea 翻騰的大海。

yearn [jɝn] v. 渴望，思慕。

My heart will yearn.

（我心戀慕。）

They yearn to return home.

（他們渴望回家。）

# 第78景
# Song: The End of the World
# （世界末日）

「在二十六個英文字母中，那一個字母旅行最遠?」

“What letter in the alphabet can travel the greatest distance?”

“The letter d, because it goes to the end of the world.”

（字母d，因為它走到世界(world)的盡頭，world最後一個字母是d。）

“The End of the World”（世界末日）是一首有名的老歌，雖然早在1963年Skeeter Davis就已把它唱紅，但是至今，提到「世界末日」，大家仍然津津樂唱。共分四段，

第一段:

Why does the sun go on shining?

Why does the sea rush to shore?

Don’t they know it’s the end of the world?

Cause you don’t love me any more.

為什麼太陽依舊閃爍?

為什麼大海依舊拍岸?

難道他們不知道世界末日已到?

因為你不再愛我了。

第二段:

Why do the birds go on singing?

Why do the stars glow above?

Don't they know it's the end of the world?

It ended when I lost your love.

為什麼鳥兒依舊歌唱?

為什麼星星依舊閃耀?

難道他們不知道這就是世界末日?

在我失去你的愛時，它就結束了。

第三段:

I woke up in the morning and I wonder.

Why everything's the same as it was.

I can't understand, no I can't understand.

How life goes on the way it was.

早晨起來時我不解的是

為什麼事事依舊。

我不明白，我真不明白。

為什麼生命依舊如昔。

第四段:

Why does my heart go on beating?

Why do these eyes of mine cry?

Don't they know it's the end of the world?

It ended when you said good-bye.

為什麼我的心依然跳動?

為什麼我的雙眼依然哭泣?

難道他們不知道這就是世界末日?

當你說再見時，世界就已結束了。

唱紅這首歌的Skeeter Davis本名是Mary Frances Penick，Skeeter是她祖父給她取的綽號(nickname)，因為她的祖父曾說："She is always like a water bug, skeeting here and there."（她總像一隻水上的水蟲，時而飛到這兒，時而飛到那兒。）

# 第 79 景

# Song: Take these wings

# （將翅膀帶走）

若說「話」能打動人心，那麼「歌」更能震撼心弦。好歌令人百聽不膩，不但是因為它的旋律(melody)美，更是因為它的歌詞(verse)美。這裡有一首歌，歌名是“Take these wings”，歌詞感人肺腑：

Take these wings

I found a sparrow lying on the ground.

Her life I knew would soon be at an end.

I knelt before her as she made a sound,

And listen as she said,

“My friend, take these wings and learn to fly.

To the highest mountain in the sky.

Take these eyes and learn to see.

All the things are so dear to me.

Take this song and learn to sing.

Fill your voice with all the joys of spring.

Take this heart and set it free.

Let it fly beyond the sea!”

我發現一隻麻雀躺在地上。

我知道她的生命就要結束了。

我跪在她前面，她發出了叫聲，

傾聽她訴說著：

「我的朋友，帶走這些翅膀，學習飛翔，

飛到高聳雲霄的山峰，

帶走這些眼睛，學習觀望。

世上一切於我都是如此的親切，

帶走這首歌，學習歌唱。

讓你的歌聲充滿春天的喜悅。

帶走這顆心，任它不受羈絆，

讓它飛翔，飛到海的那一邊。」

sparrow [`spæro] 麻雀。

kneel [nil]　knelt　knelt　跪。

# 第80景
# Song: Edelweiss
# （小白花）

想必大家都看過「真善美」這部電影，裡面有一首主題曲，就是“Edelweiss”，我們譯成「小白花」，事實上，Edelweiss這個字是德文(German)。

edel發音為[`ɛdl̩]，是「高貴的」意思，

weiss發音為[vaɪs]，是「白色的」意思。

所以Edelweiss字譯為「高貴白色的」。現在大家都以為是「小白花」，也是有高貴的含意在裡面。這首歌的歌詞很美，唱起來很好聽。請看：

Edelweiss

Edelweiss, edelweiss.

Every morning you greet me.

Small and white. Clean and bright.

You look happy to meet me.

Blossom of snow. May you bloom and grow.

Bloom and grow forever.

Edelweiss, edelweiss.

Bless my homeland forever.

小白花，小白花。

每天早晨你迎接我。

小而白，潔淨而鮮艷。

你以喜悅迎向我。

如雪般的花。願你開花成長。

永遠開花成長。

小白花，小白花。

永遠保佑我的祖國。

# 第 81 景
# It hurts. It itches. It numbs. It stinks.
# （痛，癢，麻，臭。）

有幾個常見的感覺是「痛」、「癢」、「麻」、「臭」，英文怎麼說？

英文句子有一個特色，就是必須要有主詞，所以當我們說：「啊！好痛！」的時候，不能只說："Oh! Hurt!"，應加一個主詞 "It"，這個it不必翻譯出來，它是一個所謂的「形式主詞」。所以應該說：

"Oh! It hurts!"

那麼「好癢！」怎麼說？「癢」是"itch"，是動詞，所以應該說成：

"It itches!"

「麻」怎麼說？我們舉一個簡單的例句：

"My hands are numb."

（我的手麻。）

同樣的道理，「臭」(stink)也是動詞，三變化是：
stink　stank (or stunk)　stunk 所以「好臭！」應說成：

"It stinks!"

提到"stink"這個字，使我聯想起多年前在西德唸書時，友人講的故事：

「非洲有個國家的人民不愛洗澡。個個體味難聞。有一次全國舉辦『比臭大賽』，評量標準是誰能在滿是羊群而羊羶味難忍的羊洞裡待得最久，誰就是身體最臭之王。比賽開始，參賽者都進到羊洞裡，有的一分鐘就出洞，表示他的身體並不太臭，有的兩分鐘，有的…，最後有一位待得最久，十分鐘才走出來，獲得冠軍。正要領獎時，遠遠跑來一個自認為是全國最臭的男人(the most stinking man)，大喊道："Wait a moment!"（等一會兒!）"Let me try it!"（讓我試試看!），評審委員准他一試。沒想到這位仁兄靜悄悄地走進山洞，不到一分鐘，裡面一陣騷動，所有的羊都跑了出來！（受不了這人的臭味也。）」

"Don't you think he is the most stinking man in the world?"

（你不以為他是世上最臭的男人嗎?）

# 第 82 景

## heated, expand; cooled, contract.

## （熱，脹；冷，縮。）

雖然天下的道理都是相通的，但也不能張冠李戴，亂用一通。例如從臺南到臺北300公里，從臺北到臺南也是300公里，去來都是同樣的距離。從聖誕節到元旦是七天，於是有人說從元旦到聖誕節也是七天，這當然不對。因為一個是空間，空間可回頭；一個是時間，時間不能回頭。時空錯亂，當然牛頭不對馬嘴了。

在物理學有一個簡單的法則，那就是「熱脹冷縮」。即「物體受熱會膨脹，遇冷則收縮。」(An object expands when it is heated; and contracts when cooled.)於是又有類似上面時空倒置的荒謬對話，也可稱之為笑話吧：

老師："Why are the days longer in summer and shorter in winter?"

（為何夏季白天長，而冬季白天短?）

學生："Because it is hot in summer, and the days expand. Therefore the days are longer. While in winter, the days are shorter because it is cold and they contract."

（因為夏季炎熱，白天膨脹，因此白天較長。而在冬季，白天較短，乃是因為天氣嚴寒白天收縮。）

這種歪理乃出於一個是物質，一個是時間，現在是時物錯亂，於是才有這種荒誕的應答。“Any way, it’s fun, right?”（不管如何，很好玩，是嗎?）

# 第 83 景
# Mobile Toilet
# （流動廁所）

雖然「誠實為最上策」(Honesty is the best policy.)，但有時誠實反被誠實誤。請欣賞下面短文：

Having obviously been struggling in the water for a long time, the father crawled out of the river.

Angrily he pointed at his only son shouting, “Who threw my mobile toilet into the river?” The son was frightened. But finally he said, “Father, you have always been telling me the story about Washington. If I am honest, you won’t beat me, right?” The father replied, “Right!” The son said, “It’s me that did it.” After hearing this, the father beat his son badly. The son cried saying, “Washington admitted that he had cut down the cherrytree. Honesty is the best policy. And his father forgave him because he was honest. But now I admitted that I had thrown your mobile toilet into the river, and you beat me. That isn’t fair.”

The father answered with a sigh, “You are right, my precious son. But while Washington was cutting the tree, his father wasn’t on the tree!"

很顯然地在水裡掙扎了一段很長的時間之後，這位老爸從河裡爬上岸來。他怒指他的獨子，喊道，「是誰把我的流動廁所丟到河裡?」兒子驚惶失措，但最後他說：「爸爸，你一直跟我講華盛頓的故事，假如我誠實的話，你就不會打我，是嗎?」爸爸答道：「是!」兒子說：「是我丟到河裡的。」聽完這句話，他爸爸狠狠把他揍了一頓。兒子哭著說：「誠實為最上策，華盛頓承認他砍倒櫻桃樹，他誠實，他爸爸原諒了他。但現在我承認把你的流動廁所丟到河裡，你卻打我，不公平!」他爸爸歎口氣，說道：「沒錯，我的寶貝兒子，但是當華盛頓在砍樹的時候，他爸爸並不在樹上啊!」

# 第84景

# Old men are forgettable.

# （老年人健忘。）

人類有記憶(memory)，所以會回憶(recall)。英文有這樣一句諺語：“Men have memory so that we can have roses in December.”（人有記憶，所以十二月還會有玫瑰。）十二月天氣嚴寒，本無玫瑰，但人有記憶，所以心中仍有玫瑰。

我常常跟同學聊天，在兩種情況下才去回憶往事：一是回憶你高興的事，一是可以惕勵未來。不過人一旦失去記憶力，就無法回憶了，通常人年歲漸長，記憶力減退，最後記憶力喪失就成了老年癡呆症。這裡有兩則有關老人健忘的故事：

⑴一位記者採訪一位老年人，有以下的談話：

記者：“What are the characteristics of old men?”

（老人的特徵是什麼?）

老人：“We old men have three characteristics.”

（我們老人有三個特徵。）

記者：“What’s the first one?”

（第一個是什麼?）

老人：“Old men are forgettable.”

(老年人健忘。)

記者:“The second one?”

(第二個呢?)

老人:“Let me see. ...I forget!”

(讓我想想。…我忘了!)

記者:“And the third one?”

(那第三個呢?)

老人:“Let me think it over. ...I have also forgotten!”

(讓我仔細想想看。…我也忘了!)

(2)一對老夫婦在客廳的對話:

老婦:“I'm hungry. Go to the kitchen and make a snack for me. I want to eat a fried egg.”

(我餓了。去廚房為我做個小點心。我想吃一個煎蛋。)

After being busy making the snack for quite a while, the old husband brought to his old wife the snack he just made.

(老夫到廚房蘑菇了半晌,端了一盤他剛做的點心來。)

老夫:“Here is the snack you just ordered, a piece of apple pie.”

(這是你剛叫的點心,一片蘋果派。)

When seeing the snack, the old wife said angrily,

(老婦看了,氣沖沖地說:)

“I told you I wanted to drink a cup of tea. I was thirsty!”

(我才告訴過你我想喝一杯茶。我剛剛口渴了!)

有幾個字值得一提:

forget [fɚ`gɛt]　forgot　forgot, forgotten 忘記。

forgettable [fɚ`gɛtəbḷ] 健忘的。

forgetful [fɚ`gɛtfəl] 易忘的。

unforgettable [ˏʌnfɚ`gɛtəbḷ] 難以忘懷的，不可磨滅的。

The picturesque scenery is unforgettable.

（這如畫的風景令人難以忘懷。）

forgettable（健忘的）與forgetful（易忘的）在內涵上是不同的，forgettable是記憶力減退，該記得的事給忘了，想不起來了，這時用forgettable，例如The old man is forgettable.（這老人健忘。）他連過去得到全國十項全能第一名的光榮事蹟都給忘了。但forgetful是因疏忽而忘了某件事，或因太專注做一件事而將該做的事給忘了，並不是他記不起這件事來，永遠忘記了，這時用forgetful。例如我們常用的成語「發憤忘寢」，太用功努力，連睡覺都給忘了，用功讀書，努力得忘了睡覺，請問這裡的「忘」是forgettable的忘還是forgetful的忘？當然是forgetful！

同樣，「樂而忘憂」的忘也是forgetful，並非永遠忘掉「憂」為何物。

# 第 85 景
# Covered with a quilt.
# （蒙著被子。）

我們通常對自己身體的了解不多，除了每個人都具有動物的本能：吃喝拉撒睡以外，就以消化及排泄系統(digestive and extretory system)而言，有幾個人（除醫師外）能講得出從入口（mouth，口）到出口（anus，肛門）中間這一段器官的名稱？這是普通常識，大家應該知道才對，請看：

mouth（口）→oesophagus（食道）→stomach（胃）→duodenum（十二指腸）→small intestine（小腸）→large intestine (colon)（大腸（結腸））→rectum（直腸）→anus（肛門）

mouth [maʊθ] 口，每個人都知道，因為我們每天都會看到自己的mouth。吃(eat)，喝(drink)，說(speak)，唱(sing)都仰賴它，有關口的諺語也很多，例如「病從口入，禍從口出」、「口是心非」…。

anus [`enəs]肛門，俗稱屁眼。大家平時不太喜歡用「屁」這個字眼，不過很熟很好的朋友，開玩笑時，若對方不介意，偶爾用用也無傷大雅。例如：「這說的是什麼屁話。」「這關我屁事。」

在第86景中我們提過cough, sneeze, snore, yawn, ...等字。在這

一景裡，我們提幾個跟排泄系統有關的字，雖然這幾個字不懂並不表示英文程度差，懂也並不表示英文程度高，但是知道還是比較好，不過平日最好還是少用為妙。

大家知道pass [pæs] 是「通過」的意思，“pass water”就是小便，讓水通過也。break [brek] 是「打破」的意思，“break wind”就是放屁，把風打破是也，好像有點不雅，知道就好了。其實break wind的通俗說法是“fart ” [fɑrt]。

提起fart這個字，記得以前在印第安那州(Indiana)普渡大學(Purdue University)唸書時，跟室友（老美）聊天，我跟他講故事：「話說有一個人天性吝嗇，任何東西都捨不得與人分享，凡事獨享獨吞，連自己放的屁都覺得其香無比，不願分予人聞。於是常常蒙著被子放屁，獨吞。」“There was a man who was so stingy that he would share nothing with anybody. He enjoyed everything by himself. Even when he farted, he thought it smelt good, and he would let nobody enjoy smelling it. Every time he farted, he would cover himself with a quilt so that he could enjoy smelling it alone.”他聽了大笑，教了我“fart”這個字。

I think this is also a special type of “monopoly”.

（我想這也是一種特殊的壟斷型式吧!）

monopoly [mə`nɑplɪ] 獨占，專利。

# 第 86 景
# A nose everybody has.
# （鼻子人人有。）

「咳嗽」大家都會，英文是“cough” [kɔf]。「打嗝」有的人就不會了，英文是“hiccup”（或hiccough）[`hɪkʌp]，「打呵欠」就更少有人知道，英文是“yawn” [jɔn]，「打鼾」的英文是“snore” [snɔr]。這幾個字與呼吸系統有關。還有一個字，就是「打噴嚏」，英文怎麼說？“sneeze” [sniz]。

提到sneeze（打噴嚏），我們就會聯想起胡適的一首打油詩。胡適有一友，其鼻奇大無比，胡適乃作詩贈之，詩曰：

鼻子人人有，
唯君大得凶。
虛懸一寶塔，
倒掛兩煙囪。
親嘴全無份，
聞香大有功。
江南一噴嚏，
江北雨濛濛。

A nose everyone has,

but not such a large proboscis.

A pagoda hung in the air.

Two upside-down chimneys can't be missed.

You can smell a mile away.

But you never can be kissed.

A sneeze on one Yangtze bank,

on the other felt as mist.

proboscis [prə`bɑsɪs] 象鼻子，比喻人的大鼻子。

pagoda [pə`godə] 寶塔。

upside-down: 倒過來的。

chimney [`tʃɪmnɪ] 煙囪。

# 第 87 景
# It has been completely changed.
# (完全改變了。)

喜歡用成語的洋女婿(son-in-law)到老丈人(father-in-law)家拜望岳父、岳母(mother-in-law)。看到丈人房子整修得很漂亮，心想："It has a completely new appearance.(有全新的外貌。) It looks completely different from the old one.(看來跟舊的完全不同。)"於是想到一句成語，上前向不懂英語的老丈人用國語說：「岳父大人，你的房子修得很好，真是『面目全非』!」老丈人聽在耳裡，氣在心頭，直呼倒霉。

洋女婿好幾年後從國外回來看老丈人，他想恭維老人家幾句，讓他高興高興。看到老丈人，心想："He looks the same as before.(他看起來跟以前一樣，容貌沒有改變。) His voice remains the same as before.(他的聲音跟以前一樣，聲音也沒變。)"於是想到一句成語，上前向老丈人說：「岳父大人，好久不見，你都沒有變，你真是『音容宛在』!」老先生聽了氣得立刻昏倒，住進醫院。

幾天後，洋女婿去探望病床上的老丈人。老先生一看到他這烏鴉嘴的洋女婿，馬上警告他說：「這一次你可不要再用什麼成語(idiom)了！不要把我氣死！(Don't drive me crazy!)」洋女婿心想：

“This time I won’t use any idioms.（這次我不用成語了。）I would like to tell him that I wish he would live long.（我想告訴他我願他活久一點。）He won’t soon die.（他不會馬上死的。）”於是他決定不用成語，用平常普通的話說：「岳父大人，我希望你不要快快的死，我希望你慢慢的死！」

結語：He tried to be clever but failed.

（他弄巧成拙。）

字譯：他想表現聰明但失敗了。

# 第 88 景
# too
# （太）

“too”這個字當「太」解，例如“He is too young.”（他太年輕了。）“He is too young to work.”（他太年輕，不能工作。）“too”的諺語很多，其中一個與地球有關，請看：

⑴Too far east is west.

（太往東邊就是西邊。）

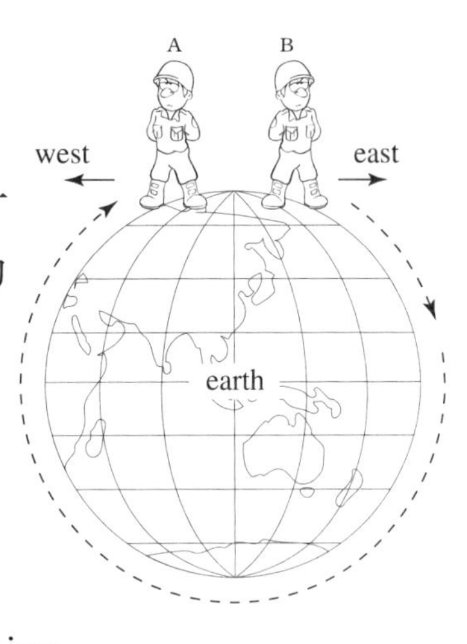


請看圖，B本來在A的東邊，但若一直往東邊走，最後會走到A的西邊。這句話的含意是「矯枉過正」或「物極必反；過猶不及」的意思。

⑵Too much humility is pride.

（太多謙恭就是驕傲。）

⑶Too much politeness is a form of cunning.

（太多禮貌是一種狡詐。≈禮太多必有詐。）請比較「禮多人不怪」，這裡是禮「太」多，人就會覺得怪了。

⑷Too much breaks the bag.

（太多脹破袋子。≈貪多必失。）

(5)Too many cooks spoil the broth.

(太多廚師壞了羹湯。≈木匠多了蓋歪房。)

(6)Too much knowledge makes the head bald.

(知識太多會禿頭。)

(7)Too much praise is a burden.

(太多誇獎是負擔。≈盛譽成負擔。)

(8)Too much taking heed is loss.

(太多謹慎是損失。≈過度謹慎，反而有失。過猶不及。)

(9)Too too will in two. (Friends that are too intimate will quarrel.)

(太多過多會成二。(朋友太親近會起口角。))

# 第 89 景

# Only he eats the apple.

# (只有他吃蘋果。)

將“only”這個字塞進“He eats the durian.”(他吃榴槤。)⓫共有幾種寫法?請看以上的排列:

(1)Only he eats the durian.

(只有他吃榴槤。) 表示這裡有很多人,只有他一個人吃。

(2)He only eats the durian.

(他只是吃榴槤。) 表示其他的事他都不做,只顧吃榴槤。

(3)He eats only the durian.

(他光吃榴槤。)表示這裡有很多水果,他只挑榴槤來吃,別的水果他不吃。

(4)He eats the only durian.

(他吃這唯一的榴槤。)表示這裡只有榴槤,他吃這僅有的榴槤。

(5)He eats the durian only.

---

⓫ 榴槤(durian)號稱果王、盛產於馬來西亞、泰國。其果肉甘甜,有「異」香,有的人嗜食,但也有的人聞之難忍。真乃“One's meat is another's poison.”(一個人的肉是另一個人的毒藥。)

（他只吃榴槤而已。）表示他只吃吃榴槤罷了。

He eats the durian. 共四個字，“only”一字竟然有五個位置可填! 這種情形只有在英文句子中才找得到。(This can only be found in English sentences.)

# 第 90 景
# Snowball Sentence
# （雪球句）

“snowball”（雪球）越滾越大，相信大家都玩過。英文有種特別的句子稱為“snowball sentence”（雪球句），句中的每個字都比它前面一個字多一個字母，請看下面的雪球句：

I do not much enjoy seeing dancing gorillas.

（我不太喜歡看跳舞的大猩猩。）

gorilla [gə`rɪlə] 大猩猩。

共8個字，每個字的字母數剛好是1, 2, 3, ..., 7, 8。就是第n個字有n個字母，不信請自己算算看。(Please count it yourself.)

下面的雪球句更驚人，共20個字，因此第20個字剛好有20個字母！

“I do not know where family doctors acquired illegibly perplexing handwriting; nevertheless, extraordinary pharmaceutical intellectuality, counterbalancing indecipherability, transcendentalizes intercommunications incomprehensibleness.”

acquire [ə`kwaɪr] 得到，獲得。

illegibly [ɪ`lɛdʒəblɪ] 難認地，難讀地。

perplex [pɚ`plɛks] 使為難，使困惑。

pharmaceutical [,fɑrmə`sjutɪkl̩] 製藥的。

intellectuality [,ɪntl̩,ɛktʃʊ`ælətɪ] 智力。

counterbalancing [,kaʊntɚ`bælənsɪŋ] 使…達到平衡的。

indecipherability [,ɪndɪ,saɪfərə`bɪlətɪ] 無法破譯性。

transcendentalize [,trænsɛn`dɛntl̩aɪz] 超凡化，超越化。

intercommunication [,ɪntɚkə,mjunə`keʃən] 互相聯絡。

incomprehensible [ɪn,kɑmprɪ`hɛnsəbl̩] 無法理解的。

incomprehensibleness (n.) 無法理解。

這裡還有一個「雪球句」(snowball sentence)更令人歎為觀止，共23個字，也就是最後一個字有23個字母！這樣的句子是一種文字遊戲的最高藝術，雖然實用不足，供欣賞可也。該句的原作者為了寫出這麼長的句子不知在他人生旅途上費了多少時日，這種毅力精神令人折服。

“I am not very happy acting pleased whenever prominent scientists overmagnify intellectual enlightenment, stoutheartedly outvociferating ultrareactionary retrogressionists, characteristically unsupernaturalizing transubstantiatively philosophicoreligious incomprehensiblenesses anthropomorphologically.”

prominent [`prɑmənənt] 傑出的。

overmagnify [,ovɚ`mægnə,faɪ] 過分放大，過分讚美。

intellectual [,ɪntl̩`ɛktʃʊəl] 有智力的。

enlightenment [ɪn`laɪtn̩mənt] 啟發，教化。

stoutheartedly [`staʊt`hɑrtɪdlɪ] 勇敢地，剛毅地。

vociferate [voˋsɪfə,ret] 大叫大嚷（表示不滿），叫囂。

reactionary [rɪˋækʃən,ɛrɪ] 反動的，保守的。

retrogress [ˋrɛtrə,grɛs] 退化，倒退。

retrogression [,rɛtrəˋgrɛʃən] n. 退化，倒退。

characteristic [,kærɪktəˋrɪstɪk] 典型的，有特性的。

characteristically adv. 例："Characteristically, he behaved badly."（他的行為表現得很差，這是他一貫作風。）

supernatural [,supɚˋnætʃrəl] 超自然的，玄妙的，通靈的。

transubstantiation [,trænsəb,stænʃɪˋeʃən] 化體說（相信作彌撒時神父所獻出的麵包和酒乃耶穌之聖身和血所化成的。）

transubstantiative adj. 化體說的。

philosophical [,fɪləˋsɑfɪkl̩] 哲學上的。

religious [rɪˋlɪdʒəs] 有關宗教的。

philosophicoreligious adj. 哲學宗教的。

incomprehensible [ɪn,kɑmprɪˋhɛnsəbl̩] 無法理解的，不能接受的。

anthropomorphic [,ænθrəpoˋmɔrfɪk] 擬人的。

logical [ˋlɑdʒɪkl̩] 合邏輯的，合理的。

logically [ˋlɑdʒɪkl̩ɪ] adv. 合邏輯地，合理地。

anthropomorphologically adv. 擬人式合乎邏輯地。

這是本句中最長的一個字，共23個字母，但英文中最長的一個字是什麼，您知道嗎？

antidisestablishmentarianism

共28個字母！不信請數數看。這麼長的字事實上是把一個字根(establish)前後加字首字尾而成。請看以下演變之路：

establish [ə`stæblɪʃ] v. 建立，設立，成立。

establishment [ə`stæblɪʃmənt] n. 建立，成立，設立。

disestablishment [ˌdɪsə`stæblɪʃmənt] n. 使（國教教會）與政府分離。

antidisestablishment n. 反對使（國教教會）與政府分離。

antidisestablishmentarian n. 反對使(國教教會)與政府分離者。

antidisestablishmentarianism n. 反對使（國教教會）與政府分離者所信奉之主義。

可以看出來很多長字都是由字首字尾拼組起來的，做做文字遊戲可也，實際上是派不上用場的，猶如供人遊玩的花園，僅供人欣賞也。(請看第62景)

# 第91景
# with
# （用，以，…）

with [wɪð, wɪθ] 的用法太多了，切勿死背解釋，要從例句著手。

“I take a walk with my brother.”

（我跟我的兄弟散步。）

“The man walked down the road with his dog.”

（這人帶著狗上街。）

這樣的寫法非常清楚，但是以下的句子常常使人看了模糊不清，產生誤解：

(1)The boy watches the girl with a telescope.

一解：男孩用望遠鏡看女孩。

另解：男孩看帶著望遠鏡的女孩。

(2)The old lady beats the old man with a walking stick.

一解：老婦用拐杖打老人。

另解：老婦打帶著拐杖的老人。

(3)The woman bites her husband with false teeth.

一解：女人用假牙咬她丈夫。

另解：女人咬她戴假牙的丈夫。

(4)The teacher hits the student with a hat.

一解：老師用帽子打學生。

另解：老師打戴帽子的學生。

請看以下短文⓬中每句都有"with"：

At the end of the vast green field, there stands a hill with beautiful pine trees. By the foot of the hill, there is a pond with fish swimming in it. Around the pond are weeping willows with soft branches and long leaves hanging down over the water. An old man sitting on the grass under the willow is fishing with a fishing pole in one hand, and in the other, a long pipe with smoke curling up into the clouds.

（在那遼闊綠野的盡頭，有一座美麗的松林小丘。在山丘下，有個小池塘，池中有魚兒戲游。池塘四周有垂柳，柳枝細葉垂在水面上。一位老者坐在柳樹下的草地上垂釣，一手握著釣竿，一手拿著長煙斗，煙斗冒出的白煙繚繞，直上雲霄。）

---

⓬ 請參看《英文不難(二)》，p.191，"I wish I could be..."，三民書局出版。

# 第92景
# Ambiguity of Sounds
# (聲音之模糊)

因四聲不全說話使人誤解的例子很多(請看第77景)。有人在飯店用餐,侍者端上一道菜來,該客說:「我要『飯先來』!」侍者立刻將那道菜端走,隨即為他端來「鮮奶」。原來他聽成「換鮮奶」!

以下有若干因發音相近而引起語意模糊不清(ambiguity)的句子:

(1)在圖書館裡,管理員對看書的學生說:

"To speak aloud is not allowed!"

(大聲說話是不允許的。)

會被誤聽為:

"To speak aloud is not aloud!"

(說話大聲不算大聲。)

(2)"grade A"(成績A,A等)被聽成"gray day"(灰暗的一天)。

(3)"It's hard to recognize speech."

(辨識音色很難。)

被聽成:

"It's hard to wreck a nice beach."

(破壞漂亮的海灘很難。)

(4)"The sun's rays meet."

（太陽的光線相聚。）

被聽成：

"The sons raise meat."

（兒子們舉起肉來。）

(5)"I scream."（我尖聲喊叫。）被誤以為是"ice-cream"（冰淇淋。）

# 第 93 景
# Sun, Moon, Star
# （日，月，星）

天地間有很多東西並非「不可見」(invisible)就不存在，當遮蔽它的外界因素消除後，它就「可見」(visible)了。這裡有三段短文，分別描寫日、月、星：

It is foggy today.

Although we cannot see the sun,

the sun is in the sky.

When the sky clears up, we can see the sunlight.

It is cloudy tonight.

Although we cannot see the moon,

the moon is in the sky.

When the sky clears up, we can see the moonlight.

It is rainy tonight.

Although we cannot see the stars,

the stars are in the sky.

When the sky clears up, we can see the twinkling light.

今天多霧。雖然看不到太陽，太陽卻在天上。

當天空放晴，就可以看到陽光。

今夜多雲。雖然看不到月亮，月亮卻在天上。

當天化開時，就可以看到月光。

今夜多雨。雖然看不到星星，星星卻在天上。

當天化開時，就可以看到星光。

fog [fɔg] 霧→foggy [`fɔgɪ] 多霧的。

cloud [klaʊd] 雲→cloudy [`klaʊdɪ] 多雲的。

rain [ren] 雨→rainy [`renɪ] 多雨的。

wind [wɪnd] 風→windy [`wɪndɪ] 多風的。

sun [sʌn] 太陽→sunny [`sʌnɪ] 陽光充足的。

# 第 94 景
# metaphor of "with" and "without"
# (「with」與「without」的比喻)

您可知道"with"可簡寫為"w/"？同樣的道理，"without"豈不可簡寫成"w/o"？完全正確！所以w/就是with，w/o就是without。這裡有一些用到with和without的句子，例如「山之無樹猶如人之無髮。」這類的比喻如何寫，請看：

(1)A man without hair is like a mountain without trees.

(人之無髮猶如山之無樹。)即「沒有頭髮的人就像一座沒有樹木的山一樣。」(例如：童山濯濯原意為山無草木，今引申為禿頭。)

(2)A mountain without trees is like a garden without flowers.

(山而無樹猶如花園而無花。)

(3)A garden without flowers is like a pond without fish.

(花園而無花猶如池塘而無魚。)

如此會永遠比不完，這類的句子是很好寫的，請繼續看其他的比喻：

(4)A woman without a man is like a fish without a car.

(一個沒有男人的女人就像一個愛四處走動的男人沒有車一

樣。）此處"fish"切不可做「魚」解！fish之另解為「喜歡四處走動的男人」。

⑸A man without a wife is like a boat without a rudder.

（一個沒有妻子的人猶如一條沒有舵的船。）

⑹A family without children is like a house without furniture.

（一個沒有孩子的家庭猶如一棟沒有家具的房子一樣。）

⑺A man with a warm heart is like the spring with warm sunshine.

（一個有顆溫暖的心的人就像一個有溫暖陽光的春天一樣。）

⑻A man with an absent mind is like a running car with a drunk driver.

（一個心不在焉的人就像一輛由醉漢駕駛著奔馳的車一樣。）

⑼A man with a broken heart is like a car with a weak engine.

（一個有顆破碎的心的人就像一輛引擎無力的汽車一樣。）

# 第95景
# Two fathers and two sons
# (二父與二子)

您曾否聽過這樣邏輯推理的問題:「有兩個父親,兩個兒子去吃麵,每人只吃一碗,卻只有吃三碗。是怎麼回事?」答案是「去吃麵的是祖孫三代。」只有三個人:A(祖父),B(爸爸),C(兒子),A是B的父親,B是C的父親,所以有兩個父親。同樣這麼算也有兩個兒子。

這裡有幾則推理的問題,請您動腦想想:

(1)Sisters and brothers have I none, but that man's father is my father's son. Who am I looking at?

(我既無兄弟又無姊妹,不過他的父親是我父親的兒子,我在看的是誰?)

My own son.

(我自己的兒子。)

(2)It isn't my sister, nor my brother,

But still is the child of my father and mother.

Who is it?

(不是我的姊妹,也不是我的兄弟,

但仍是我父母的子女。那是誰?)

Myself.

（我自己。)

# 第 96 景

# Who on earth is it?

# (到底那是誰?)

今若以W=Wife, D=Daughter, F=Father，請先看以下三人的對話(dialog)，然後寫出你的答案。

1. D: Here goes. A certain Mr. Smith and his son Arthur were driving in a car.
2. F: Mr. Smith and his son Arthur were driving in a car.
3. D: Uh huh. The car crashes. Mr. Smith is killed instantly. And his son Arthur is rushed to a local hospital.
4. F: Unm.
5. D: The old surgeon says, "I can't operate on him. He's my son Arthur." Explain that!
6. F: Say it again.
7. D: Mr. Smith and his son Arthur were driving in a car. The car crashes and Mr. Smith dies. Arthur is rushed to a hospital, and the old surgeon say, "I can't operate on him, he's my son Arthur."
8. F: That's simple. The son is adopted.

9.D: No, it was Mr. Smith's real son.

10.F: Ah ha. Yeah! The old surgeon is afraid of a lawsuit, so he lied, and said that's his son.

11.D: Wrong.

12.W: Do you give up, "Riddle Wizard"?

13.F: I give up, I give up.

14.D: Yea! We win two weeks of having our beds made by Dad.

15.F: Wait, wait! What's...

16.D: I like my pillows "extra-fluffed".

17.F: Understood. But what is the answer to the riddle? What is the answer?!

以下是上面對話的譯文：

1.D：現在開始。某位史密斯先生和他的兒子阿瑟正在開車。

2.F：史密斯先生和他的兒子阿瑟正在開車。

3.D：哎呀。車子撞壞了。史密斯先生當場死亡。他的兒子阿瑟立刻被送到當地的醫院。

4.F：嗯！

5.D：老外科醫生說：「我無法為他動手術。他是我的兒子阿瑟。」說明這件事！

6.F：再說一次。

7.D：史密斯先生和他的兒子阿瑟開車。車撞壞了，史密斯先生死了，阿瑟被送到醫院，老外科醫生說：「我不能為他動手術。他是我的兒子阿瑟。」

8.F：那簡單。男孩是領養的。

9.D：不，他是史密斯自己的兒子。

10.F：啊哈，是嘛！老外科醫生怕惹上官司，所以他撒謊，才說他是他的兒子。

11.D：錯！

12.W：你要放棄嗎，「猜謎鬼才」？

13.F：我放棄，我放棄。

14.D：吔！我們贏了，爸爸要為我們整理兩個星期的床鋪。

15.F：等，等！什麼…

16.D：我要把我的枕頭弄得「特別鬆軟」。

17.F：知道了。但是謎底是什麼？答案是什麼？

請各位再仔細看看這段對話，請先將這頁底下遮住，想想看，答案是什麼？猜不到才看謎底。（請看本頁底）

謎底：

The old surgeon is Arthur's mother.

（這位老外科醫生是阿瑟的媽媽。）

# 第97景
# The joke of Names
# (姓名大笑話)

筆名(pen name)與真名(real name)不一樣。齊玉是本書作者的筆名，真名是毛齊武。英文寫姓名的方式通常是先寫名，接下來才寫姓。所以毛(Mao)齊武(Chi-Wu)應寫成"Chi-Wu Mao"，現在新式的寫法有時將姓寫在前面，名字寫在後面，但姓之後要加一逗點，因此Chi-Wu Mao另一種寫法是"Mao, Chi-Wu"。美國人仍習慣用前者。又為了方便起見，他們將名字簡化，各取前面一個字母，於是Chi-Wu Mao就簡化為"C. W. Mao"。在美國研究所上課教授點名就只叫"C– W– Mao"。

有位中國同學，名字很好聽，姓古名吉波。「古吉波」是很好的名字，翻成英文是"Gee-Po Gu"，簡化後成為"G. P. Gu"，請唸唸看（雞屁股），令人大笑也！所以取英文名字要非常小心，稍不留意，就變成笑話。

老外把自己看得重，所以先寫名，名是"first name"，姓是last name 或 family name，名在前所以是first，姓在後所以是last，姓是屬於家族的，所以也叫family name。通常老外還有一個受洗(baptized)的名字，叫given name，一般放在名字之後，姓氏之前，由於位置在中間，所以有時也叫middle name。舉例：美國有史以來最年輕的總統是甘迺迪，但他的真正全名是：

John Fitzgerald Kennedy（請看第65景）

John 是他的名，排第一位，所以是first name，Kennedy 是他的姓，排最後，是last name，或family name，或surname。Fitzgerald 是受洗的名字，是given name或middle name，所以甘迺迪乃其姓之譯音，非姓「甘」名「迺迪」也。

# 第 98 景

# Black shoes, white shoes

# （黑鞋，白鞋）

記得昔日在西德唸書，上德文課時，德文教授講的白酒紅酒故事。有個酒鬼來到酒店要一杯紅酒，接著又要了一杯白酒，把紅酒退還給酒保，將白酒一口飲下，不付錢就走了。酒保說還未付錢，酒鬼說：「白酒是跟紅酒換的。」酒保說紅酒沒付錢，酒鬼說：「沒錯，紅酒沒付錢，所以退還給你！」如此拉扯不清，酒保弄得一頭霧水，只有讓酒鬼白喝了一杯白酒。

這裡有一篇短文"Black Shoes and White Shoes"與「白酒紅酒」有異曲同工之妙：

A cunning man asked the clerk of a shoe-shop to show him two pairs of shoes with different colors, black and white. After putting on the black shoes, he pretended to be unsatisfied with them and said, "The black shoes do not fit my feet. I return them to you." Then he put on the white shoes and went away.

The clerk shouted, "Wait! You haven't paid for them yet!" The man replied, "I just exchanged them for the black shoes!" The clerk said, "But you did not pay for the black shoes!" The man answered craftily, "You are right! Since I did not pay for the black shoes, I returned them back to you."

While the clerk was wondering what the matter was, the cunning man strode away with the white shoes unpaid for.

一個狡猾的人要求鞋店的店員給他試兩雙不同顏色的鞋子，黑的和白的。這個人穿上黑鞋後，故作不滿意的樣子，說：「這黑鞋不合腳，我把它還給你。」接著他穿上白鞋，起身就走了。

店員喊道：「等等！你還沒付錢！」這人答道：「這是我剛剛用黑鞋換來的！」店員說：「但黑鞋你也沒付錢啊！」這人理直氣壯地說：「對啊！黑鞋我沒付錢，所以我退還給你了。」

當店員還在想到底是怎麼一回事的時候，這個狡猾的人穿著那雙沒付錢的白鞋大搖大擺地走了。

cunning [`kʌnɪŋ] 狡猾的。

clerk [klɝk] 店員。

put on: 穿上。

craftily [`kræftɪlɪ] 理直氣壯地。

stride [straɪd]　strode [strod]　strid, stridden [`strɪdn̩] 大跨步走，大搖大擺地走。

# 第 99 景
# One, two, three, ...
# (一，二，三，…)

「一二三四五六七八九十」，數字可拿來編成詩歌，中外皆然，請先看英文詩歌：

One, two, three. I see a bee.

Four and five. You find a hive.

Six, seven, eight. He breaks a plate.

Nine and ten. She lends me a hen.

一，二，三。我看到一隻蜜蜂。

四和五。你發現一個蜂窩。

六，七，八。他打破一個盤子。

九和十。她借給我一隻母雞。

另一首有名的數字詩歌是：

One, two, three, four, five.

Once I caught a fish alive.

Six, seven, eight, nine, ten.

Then I let it go again.

Why did you let it go?

'Cause it bit my finger so.

Which finger did it bite?

This little finger on the right.

一，二，三，四，五。

我有一次活活捉到一隻魚。

六，七，八，九，十。

然後我把牠放走。

為什麼你放牠走?

因為牠這樣的咬我。

牠咬你那隻手指頭?

這隻在右邊的小指頭。

看完英文的數字詩歌，相對地，我們來看看中文的數字趣詩。先請看宋朝理學家邵雍的「啟蒙兒歌」:

一去二三里，

煙村四五家;

樓臺六七座，

八九十枝花。

揚州八怪之一的鄭板橋也用數字寫過詠雪詩:

一片兩片三四片，

五六七八九十片;

千片萬片無數片，

飛入梅花總不見。

有個數字謎也很有趣:

一口一分開→日

二口上下連→呂

三口往上疊→品

四口犬中央→器

五口就是我→吾

六口二十幾→曲

七口坐兩邊→叨

八口八張嘴→只

九口右兩口→旭

十口年代久→古

以下寫的詩將數字發揮到淋漓盡致的境界，真令人歎為觀止也。

話說西漢才子司馬相如上京五年，不理會卓文君，似有疏離之心。文君乃以數字為詩，先是一二三順著寫去，然後倒著寫回來，請看詩：

「一別之後，兩地相懸。

只說是三四月，又誰知五六年。

七弦琴無心撫彈，

八行書無信可傳。

九連環從中折斷，

十里長亭望眼欲穿。

百相思，千繫念，萬般無奈把郎怨。」

「萬言千語說不完，

百無聊賴十倚欄，

重九登高看孤雁，

八月中秋月圓人不圓。

七月半，燒香秉燭問蒼天，

六月三伏天，人人搖扇我心寒。

五月石榴如火，偏遇冰雨澆花端，

四月枇杷未黃，我欲對鏡心意亂。

三月桃花逐水轉，

二月風箏線兒斷。

郎呀郎，巴不得下一世你為女來我為郎。」

聽說司馬相如看後百感交集，後悔不已，立即趕往臨邛，把文君接到長安。

在這個國際化的時代裡，只懂中文，不諳英文是一大憾事。英文與中文雖然字形迥然不同，但兩者卻可相互輝映，相輔相成。英文要用中文做基礎，中文要用英文做陪襯，二者並進，誠然美事。

# 第 100 景
# Is there egg in eggplant?
# （茄子裡有蛋嗎?）

讀過化學的人都知道，氫氧化合可得水，這條化學式大家都不可能忘記吧! $2H_2+O_2 \rightarrow 2H_2O$，$H_2$是氫分子，$O_2$是氧分子，$H_2O$為水分子。一杯水中絕看不到有氫氣或氧氣，這種化合真奇妙，乃化學變化。在國字裡有一些字的組合也很奇妙。例如木＋不→杯，「杯」字中無「木」亦無「不」。

英文字也有類似的情況，是屬於化學變化，值得回味，請看:

⑴egg（蛋）＋plant（植物）→eggplant（茄子）

⑵pine（松）＋apple（蘋果）→pineapple（鳳梨）

⑶star（星星）＋apple（蘋果）→starapple（楊桃）

⑷sweet（甜）＋heart（心）→sweetheart（愛人）

⑸sweet（甜）＋meat（肉）→sweetmeat（蜜餞）

⑹sweet（甜）＋bread（麵包）→sweetbread（牛、羊的胰臟）

⑺break（打破）＋fast（齋戒）→breakfast（早餐）

⑻guinea [`gɪnɪ]（基尼）＋pig（豬）→guineapig（天竺鼠）

相對地，有些字屬於物理變化，也很有趣:

⑼smoke [smok]（煙）＋fog [fɔg]（霧）→smog（煙霧）

(10)breakfast＋lunch [lʌntʃ]（中餐）→brunch（把早餐和中餐合併的一餐）

(11)Chinese（中文）＋English（英文）→Chinglish（中文和英文合起來用的語句）

例如常聽人開玩笑說：

"People mountain people sea"

（人山人海）

"Horse horse tiger tiger"

（馬馬虎虎）

"You don't tiger me!"

（你別唬我!）

"I don't bird him!"

（我不鳥他!）

"Long time no see!"

（好久不見!）

這些在好朋友之間開玩笑可用用，但絕不能登大雅之堂。

# 第 101 景
# Is “cheese” the plural of “choose”?
# (「乳酪」是「選擇」的複數嗎?)

名詞的複數形式是要加“s”的，當然也有些例外，學英文比較頭痛的地方是要背不規則的複數形式，例如：

(1)leaf→leaves

(2)wife→wives

(3)wolf→wolves

這些還算好背，有些就比較麻煩了：

(4)tooth（牙）→teeth

(5)goose（鵝）→geese

(6)foot（腳，呎）→feet

但booth（攤位，亭）卻不能以beeth做為它的複數！moose（駝鹿）亦不能以meese作為其複數！

請問：Is “cheese” the plural of “choose”?

(“cheese”是“choose”的複數嗎?)

當然不是。

# 第 102 景

# Writers write but hammers don't ham.

# （寫作家寫但鎚子並不表演過火。）

有些英文的動詞加"er"就變成某種動作「者」，例如：

write（寫）＋er→writer（作家）

fight（戰鬥）＋er→fighter（戰士）

teach（教）＋er→teacher（教師）

所以可以說："The writers write. The fighters fight. The teachers teach."（寫作家寫。戰士戰鬥。教師教。）

現在不禁要問：

"Why is it that writers write, fighters fight and teachers teach, but fingers don't fing, grocers don't groce and hammers don't ham?"

（何以寫作家可寫，戰士戰鬥，而教師教，但fingers（手指）卻不fing，grocers（食品雜貨商）卻不groce，而hammers（鐵鎚）卻不ham?）

還有一些加er的字：

soldier [ˋsoldʒɚ] 士兵。

lawyer [ˋlɔjɚ] 律師。

law [lɔ] 法律。本應將law＋er變成lawer [ˋlɔɚ]（無此字!），但

因不好發音，所以補一個y進去，變成lawyer唸起來就比較順口。

請注意醫師(doctor)不是docter！是“or”不是“er”！

# 第 103 景
# vegetarian, humanitarian
# （素食主義者，人道主義者）

有些字合乎邏輯，可是類似的字卻完全不照邏輯走，這話怎說？請看：

「素食主義者吃素」那麼豈不「人道主義者吃人」?

所以英文就有這樣奇怪的問題：

"If a vegetarian eats vegetables, what does a humanitarian eat?"

（若素食主義者吃蔬菜，那麼人道主義者吃什麼?）

vegetarian [ˌvɛdʒəˋtɛrɪən] 素食主義者。

vegetable：蔬菜。

humanitarian [hjuˌmænəˋtɛrɪən] 人道主義者。

談到「吃」，有兩個字請特別留意：

一個是「吃…的」，一個是「被…吃的」。

man-eating是「吃人的」，例如：

It is a man-eating fish.

（那是條吃人的魚。）

man-eaten是「被人吃的」，例如：

It is a man-eaten fish.

（那是條被人吃的魚。）

# 第 104 景

# Noses run? Feet smell?

# （鼻子跑？ 腳聞？）

「天生我材必有用。」從一個人的宏觀而言，每個人都有其生存的價值，無所謂貴賤貧富。從一個人的微觀而言，身體的每一部分都有其特殊的功能。例如鼻子(nose)是用來嗅或聞(smell)的；腳(feet)是用來走或跑(run)的，但請看下一句英文：

"Have noses that run and feet that smell?"

（是否有會跑(run)的鼻子和會聞(smell)東西的腳?）

答案是「有」！由於英文字的特殊用法，我們會看到以下的例句：

My nose runs.

（我的鼻子流鼻水。）可千萬別譯成「我的鼻子跑。」

His feet smell.

（他的腳有臭味。）切不可譯成「他的腳聞東西。」

有一句謎題與"run"這個字有關：

Why is a coward like a leaky faucet?

（為什麼懦夫像漏水的水龍頭?）

Because they both run.

（因為他們兩者都逃跑。）此處run亦做「流水」解。

# 第 105 景
## fat chance=slim chance?
## (肥胖機會=苗條機會?)

語文是人類隨興之所至說出來的話語、寫出來的字句。隨著時空的轉移，或習俗的變遷，或因謙虛客套，所使用的字彙有時並不真正代表它原本的涵義。例如有的人明明是「學富五車」，卻偏說自己「才疏學淺」；有的人宴客明明是「山珍海味」，卻偏說是「菲餚小酌」。

在英文裡也有一些奇妙的字彙，slim [slɪm] 是「苗條的」，所以“slim chance”可譯成「微乎其微的機會」。fat [fæt] 本是做「肥胖」解，但“fat chance”也是「微小的機會」，與“slim chance”是同樣的意思！

“wise man”是智者，有智慧的人。但“wise guy”並不是有智慧的人，而是「自以為聰明的傢伙」，這是美國俚語。“guy” [gaɪ] 也是俚語，「傢伙」。自以為聰明的傢伙當然是不聰明的。所以“wise man”與“wise guy”意義剛好相反。

當我們說：“A house burns up.”(房子燒起來了。)時，事實上，我們指的是“The house burns down.”(房子燒倒了。)

當我們說：“I fill in a form.”(我填表格。)時，事實上，我們指的是“I am filling it out.”（我在填表。）

當我們說：“The stars are out.”（星星出來了。）時，我們能看得到星星，所以“The stars are visible.”但是當我們說：“The lights are out.”（燈熄了（或亮光不見了）。字面上是：燈（或亮光）出來了。）時，燈是看不見了，此時“The lights are invisible.”。

visible [`vɪzəbḷ] 可見的。

invisible [ɪn`vɪzəbḷ] 不可見的。

# 第 106 景

# sheep, ship; bear, pear; beach, peach; bear, beer

## （羊，船；熊，梨子；海灘，桃子；熊，啤酒）

五音不全，唱歌難聽；四聲不對，說話難懂。有位剛學國語的老外跑到麵食店跟老闆說：「我要『睡覺』!」，老闆愕然，原來他要「水餃」。同樣，唸英文若音標不準，也會鬧出笑話。大家知道打(beat)的三變化：beat [bit]　beat [bit]　beaten [\`bitn̩] 打。

咬(bite)的三變化：bite [baɪt]　bit [bɪt]　bitten [\`bɪtn̩] 咬。

請唸下一句：

(1)The dog bit him, so he beat the dog.

（狗咬他，所以他打狗。）

若長短音唸錯，就會唸成：

The dog beat [bit] him, so he bit [bɪt] the dog.

（狗打他，所以他咬狗。）

以下的句子也請大聲朗讀，注意聽自己的發音：

(2)The sheep [ʃip] is on the ship [ʃɪp].

（羊在船上。）

(3)The shed [ʃɛd] is in the shade [ʃed].

（小屋在樹蔭下。）

(4)The bed [bɛd] is bad [bæd].

(這張床不好。)

(5)The cat [kæt] looks sad [sæd].

(貓看來很傷心。)

(6)The bear [bɛr] eats a pear [pɛr].

(熊吃梨子。)

The bear drinks beer [bɪr].

(熊喝啤酒。)

(7)He eats a peach [pitʃ] at the beach [bitʃ].

(他在海灘邊吃桃子。)

(8)There is a big [bɪg] bug [bʌg] in the bag [bæg].

(袋裡有條大蟲。)

(9)Stop [stɑp] on the last step [stɛp].

(最後一步停下來。)

(10)He ran [ræn] in the rain [ren].

(他在雨中跑。)

(11)I put my pack [pæk] on my back [bæk].

(我把我的背包放在我背上。)

(12)The rain [ren] falls on the plane [plen] of Spain [spen].

(雨落在西班牙的平原上。)

(13)The cap [kæp] is by the cup [kʌp].

(帽子在杯子旁。)

(14)The ship [ʃɪp] in the shop [ʃɑp] is in good shape [ʃep].

(在店裡的船完好無缺。)

# 第 107 景

# high, low; fat, thin; long, short; deep, shallow...

# (高，矮；胖，瘦；長，短；深，淺…)

高，低；長，短；深，淺；寬，窄；…都是相對的形容詞，天地間的事物都是相對的，我們來看看一些相對立的形容詞：

(1) The tower is high. 塔高。
The bridge is low. 橋低。

(2) The river is wide. 河寬。
The brook is narrow. 溪窄。

(3) The sea is deep. 海深。
The pond is shallow. 池淺。

(4) The rock is solid. 岩堅。
The sand is loose. 沙鬆。

(5) The star is far. 星遠。
The moon is near. 月近。

(6) The man is diligent. 男勤。
The woman is intelligent. 女慧。

(7) The tiger is strong. 虎強。
The deer is weak. 鹿弱。

(8) The leopard is swift. 豹快。
The turtle is slow. 龜慢。

(9) The swan is beautiful. 天鵝美。
The duck is ugly. 鴨子醜。

(10) The pig is fat. 豬肥。
The monkey is thin. 猴瘦。

(11) The day is bright. 日明。
The night is dark. 夜暗。

(12) The flowers are red. 花紅。
The leaves are green. 葉綠。

(13) The stick is long. 棍長。
The needle is short. 針短。

(14) The knife is sharp. 刀利。
The ax is dull. 斧鈍。

(15) The diamond is expensive. 鑽貴。
The pearl is cheap. 珠賤。

(16) The stone is heavy. 石重。
The feather is light. 羽輕。

(17) The snow is white. 雪白。
The coal is black. 煤黑。

(18) The elephant is big. 象大。
The rat is small. 鼠小。

(19) The dog is faithful. 狗忠。
The fox is cunning. 狐狡。

(20) The door is closed. 門閉。
The window is open. 窗開。

(21) The spring is warm. 春暖。
The autumn is cool. 秋涼。

(22) The summer is hot. 夏炎。
The winter is cold. 冬寒。

(23) The grape is sour. 葡萄酸。
The papaya is sweet. 木瓜甜。

(24) The test is difficult. 測驗難。
The homework is easy. 功課易。

(25) The water is clean. 水潔淨。
The air is stale. 空氣污濁。

# 第 108 景
# Wandering in the "World of English".
# (優游於「英文世界」。)

在文明的世界裡，比起中文、德文、日文、俄文、法文、希臘文、…，英文應該算是比較簡單的語文，難怪英文被用做「國際語文」(international language)。雖然多年前早就有人提倡融各國語文之特徵於一爐， 創出一種所謂 「通用語文」 (universal language)，而我也曾聽過大同教教徒使用這種語言，但到現在為止，似乎還無法取代做為國際語言的英文，原因大概是英文太簡單了吧！聽說世界上最難的三種語文是中文、希臘文和俄文。

希臘文(Greek)用的字母是$\alpha, \beta, \gamma, \eta, \xi, \sigma, \rho, \pi, \varepsilon, \theta, \cdots$，大家一定知道拿來當圓周率的$\pi$。英文有一句習語，就是當你看一本書或別人寫的東西而不知所云的時候，你可以說："It's all Greek to me." 字譯：「對我而言都是希臘文。」也就是「我完全不懂。」(It's beyond my understanding.)超出我的了解之外，如同在看天書。

德文(German)也是一種相當難的語文。我曾在德國（那時是西德(West Germany)）的漢諾威(Hannover)唸書，被德文「整」得很「慘」。德文的詞類變化很煩人，在句子中只要碰到名詞都要大寫，當然句首的第一個字母一定也要大寫。每個名詞都有性別：

中性、陽性、陰性。例如桌子是陽性，門是陰性，窗戶是中性，所以記一個單字，不但要記它的拼音字母，還要額外背它的性別，而不同性別名詞所用的冠詞不像英文只有一個"the"。德文的冠詞陽性用der，陰性用die，中性用das，所以一天到晚要背der, die, das! 桌子：Tisch，要說der Tisch；門：Tür，要背die Tür；窗戶：Fenster，要記das Fenster。不像英文the desk, the door, the window，一路"the"到底，多簡單。英文只有三格（實際上應該有四格）：主格、受格和所有格。德文還多出一個「與格」，所以德文有四格，而冠詞又要跟著不同的格在變，真累人也！有些人就是看到這些繁複的文法規則，一氣之下，「老子不讀了！」（臺語：「你伯不學了！」）

日文，在我接觸之後，也不像英文那麼簡單，一個動詞來上六種變化，什麼「未然」，「連用」，「終止」，「連體」，「假設」，「命令」。形容詞也有變化，竟然還有什麼形容動詞。一個句子中字的安排也好奇怪，明明是「我吃魚。」(I eat fish.)德語："Ich esse Fisch." 臺語：「我呷魚」，都是主詞＋動詞＋受詞的形式，而日文偏要：「我魚吃。」另外舉例：我正在吃魚。(I am eating fish.)日文的寫法竟然是：

watashi ga sakana o tabete iru.

| I | (subject marker) | fish | (object marker) | eating | am |
|---|---|---|---|---|---|
| わたし | が | さかな | を | たべて | いる。 |
| 我 | （主詞標字） | 魚 | （受詞標字） | 吃 | 是（在）。 |

這只是冰山一角上一個小小的冰塊而已，雖然字的形狀酷似中文，

例如あいうえお，…，アイウエホ，…但文法並不容易，學起來倍感吃力。

中文我們從小就學，所以覺得很簡單，事實上，中文很難，就拿字的本身來說，其他語文的文字都是一維（或一度空間）(one-dimension)，唯有中文是二維（或二度空間）(two-dimension)，點、橫、豎、撇、捺安排的位置是二度空間。而英文就是一度空間，字母永遠由左向右寫（但阿拉伯文卻是由右向左寫）。請問「一橫一撇一捺一點」是什麼字？點在不同的位置就形成不同的字：「太」(too)或「犬」(dog)，這只是一個最簡單的例子。中文的文法太難了，難到幾乎很難像英文句子那樣可以用文法規則去分析，我們從小沒有讀中文文法，卻能說、能看、能聽、能寫，因為是習以為常的緣故，一般說容易，但寫就難了。請看一篇有趣的短文，其中每個字的發音都是「ㄕ」：

石室施氏

石室詩士施氏，嗜獅，誓食十獅。氏時時適市視獅，十時，氏適市，適十獅適市。是時，氏視是十獅，恃十石矢勢，使是十獅逝世。氏拾是十獅屍，適石室。石室食時，始識是十獅實十石獅，試釋是事。

看完這篇妙文，請問中文難也不難？

我們說英文簡單是因為英文的文法單純。英文有八大詞類：名詞、代名詞、動詞、形容詞、副詞、介系詞、連接詞和感歎詞。形容名詞的是形容詞；形容動詞的是副詞；形容形容詞的也是副詞；而形容副詞的是其他的副詞。只有前五個詞有變化，後面三個詞永遠不變。

⑴副詞只有一種形式，大部分是把形容詞加ly而成。

⑵名詞只有單複數型態之別。

⑶形容詞有三級：原級、比較級、最高級。

⑷代名詞有四格：主格、受格、所有格、與格。

⑸動詞有五變：原形（即現在式）、過去式、過去分詞、現在分詞、第三人稱單數現在式加s（或es）。

所以英文總括起來可用一個歌訣表達得清清楚楚：

「一式（副詞）二型（名詞）三級（形容詞）四格（代名詞）五變（動詞）。其餘三者皆不變。」

我要特別說明的是「四格」中的與格(dative)，舉例：

"He gives me his book."

（他給我他的書。）

句中的me就是與格，而在"She loves me."句子中，me是受格。在英文裡「受格」和「與格」是同一形式。在德文裡，與格和受格是不同的，所以又增加了學習的困難。

請看以下幾句英文，我們可以從中看到上面的歌訣：

「一式二型三級四格五變」：

There are two trees on the hill.（名詞：二型單複數）

One of them is a mapple.（介系詞）

The other is a pine.

An optimist always lives happily（副詞：一式）

but a pessimist always feels depressed.（連接詞）

Smoking is not good for our health.（形容詞：原級）
Health is better than wealth.（形容詞：比較級）
East or west, home is best. （形容詞：最高級）

She loves me so much that she gives me all her property.
（代名詞之四格：主格，受格，與格，所有格）

I eat a peach.（動詞：五變）
He eats a pear.
You ate an apple.
She has eaten a pineapple.
We are eating dinner.

Oh! How beautiful the scenery is!（感歎詞）
（啊！風景好美呀！）

英文的八大詞類猶如風景名勝的花草林木水石蟲魚鳥獸一樣，將八大詞類做巧妙的安置就組合成一句一句的英文sentence（句子），再將句子做適度的組合就成了一篇文章。同樣地，將花草林木水石做巧妙的安排就形成一個個景點，再將蟲魚鳥獸點綴其間，就成了一處處風景名勝。

讓我們先認清花草林木蟲魚鳥獸，再讓我們優游於英文的風景名勝，欣賞那山川靈秀，陶醉在那青山綠水之間。

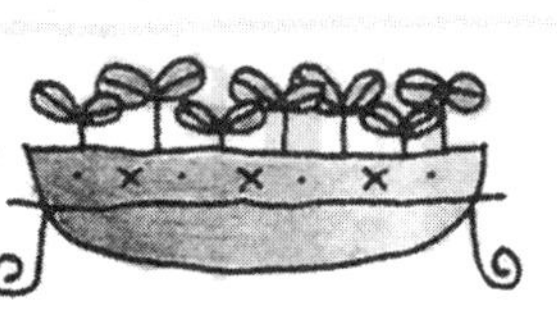

第1本為華人青少年編寫的英語課外讀物

# 黛安的日記

# Diane's Diary 1

黃啟哲(Ronald Brown)／著　呂亨英／譯